我心環遊世界

用心賣力工作，痛快暢遊世界！

戴晨志

目錄 CONTENTS

目錄 CONTENTS

第五輯 遨遊四海、處處有驚奇！

【自序】

連小豬，也可以環遊世界！

──「只要有夢，就可逐步走遍天下！」

戴晨志

幾個月前，「匈牙利聖樂團」應邀來台，做巡迴演出；由於我去過匈牙利，所以對該樂團的來訪，感到十分親切。在台北演出的那場，人山人海，把教堂擠得水洩不通！當我到達時，已經快開演了；我很幸運地，看到觀眾席長條椅的中間處，還有一個空位，就煩請其他人移動一下膝腳，讓我擠坐進去。

匈牙利人的服裝色彩都很鮮艷，他們的聖樂和聲，更是莊嚴、嘹亮，現場來賓莫不給予最熱烈的掌聲！在節目進行之中，我的右邊坐著一位二十多歲的小姐，一直和旁邊的友人竊竊私語，甚至摀著嘴巴、笑個不停！我實在不懂，又不是看喜劇片或話劇，怎麼會一直摀嘴偷笑？

到了中場休息時間，這小姐轉過頭來，羞赧地對我說：「先生，不好意思噢……我一直找不到我剛才吃剩下一半的蛋糕，我想……它很可能就在你的……你的屁股下，你……你要不要看一下？」

啊？……我往右大腿屁股一看，天哪，真的耶，那蛋糕，就被我的屁股壓得稀爛，而我的西裝褲，也沾黏著稠稠、噁噁的「半塊蛋糕」！噢，我真是被她打敗了！怎麼會把蛋糕放在長椅上呢？剛才快開演了，我急著擠進來，沒看清楚，一屁股就坐了下去，竟然就坐在那半塊蛋糕上面！

「對不起哦，先生，我……我不是故意的啦！」那小姐一臉通紅，又是摀著嘴，噗哧想笑、又不敢笑地跟我道歉！

「沒關係啦，擦一擦就好！」我裝著一副紳士的樣子，也拿出衛生紙，擦拭褲子上糊成一團的蛋糕！「來，我幫你擦一擦……」那小姐很熱心地想幫些什麼忙，來減少內心的愧疚，可是，她望了一眼我的大腿屁股、猶豫了一下，說道：「我……我看……還是你自己來擦比較好！」

過了幾秒，那小姐抬起頭，突然又說：「你……你是不是那個戴老師？……」天哪，怎麼連屁股坐到蛋糕，都還會被人認出來？「你就是那個寫書的戴老師對不對？我有你的書、也聽過你的演講耶……」

媽呀，怎麼會這麼糗？我一直擦著屁股上的蛋糕，也心想——這小姐回家後，保證一定會跟家人說：「哈，那個戴老師的屁股，坐到我的蛋糕哦……」

好啦，下半場開演了，匈牙利聖樂團的團員，又換了一套傳統的艷麗服裝進場了！他們是從後門一邊唱詩、一邊緩步進場；也一邊混聲合唱、一邊和觀眾握手……

因為去過「匈牙利」，所以就對他們的聖樂團，有了感情！

因為去過「北韓」，所以對美國制裁北韓的新聞，特別關心！

因為去過「捷克」，所以就對布拉格遭到滔滔洪水侵襲的新聞，特別注意！

因為去過「埃及」，所以就對考古學家使用科學儀器探秘金字塔的新聞，感到興趣！

因為去過「印度」，所以就對泰姬瑪哈陵的外觀，正在進行「護膚漂白」的工

▲在美國高速公路休息站，一母親正在蒼綠高聳的大樹前，為寶貝嬰兒換尿布。

程，特別留意……

真的，只要「去過、走過、看過」，就會留下回憶，也會產生感情、特別關心！就這樣，人的眼界開闊了，想法也比較豁達了！而許多國家，對我而言，也就不再只是個「地理名詞」；那些國家，對我來說，已是一個「跟自己的生命相連結、有互動、有感情」的異國世界！

在課堂上，或在演講的場合，只要問道：「你將來的夢想是什麼？」有超過大半的人都會回答：「我想環遊世界！」可是，這樣的夢想，終其一生，有多少人能美夢成真呢？我想，大概不多！

因為，夢想若「只是在嘴巴上說說」，而沒有去「努力實踐」，那麼，夢想終究只是「一個夢」、「一個想」而已！只有真正走出去，「用腳」踏在異國的土地上，「用心、用眼」去觀看、去體會，才是真正的實踐呀！

在埃及參觀神廟時，我看到一位來自歐洲的殘障男士，坐在輪椅上，勇敢地與其他團員一起出來旅行；雖然神廟的石階和道路崎嶇不平，但，他用雙手，吃力地推動輪椅，仍企圖「走出自己、挑戰自我」，讓生命活得更加美好！

而最近一兩年，也有許多我教過的大學生，都已陸續地留學歸國。我發現，不管他們在校內的成績好不好，只要有心、有信念、有堅持——「我一定要出國唸書」，那麼，就一定可以完成目標、凱旋而回！

因為，「只要你說能，你就一定能！」「自己的生命，操之在我呀！」

有人說：「一日不讀書，面目可憎！」也有人說：「三天不讀書，有如一隻豬！」

我呢，我深怕自己變成一隻豬，所以就儘量地多讀書，也寫寫書，期許自己不要變成「一隻豬」！

可是，我有點倒楣，因為一出生，生肖就「屬豬」，所以我永遠都是「一隻豬」呀！而且，後來結婚、生子，家裡又多出了兩隻「可愛的小豬」，一男一女，每天蹦蹦跳跳、吵吵鬧鬧！尤其是「小公豬」，每天洗澡尿尿時，總會問道：「媽媽，今天我要尿哪裡？」

「尿瑞典」、「尿美國」、「尿剛果」、「尿義大利」、「尿菲律賓」、「尿紐西蘭」、

「尿西班牙」、「尿日本」……哈，我家那五歲半的「小豬」，就因著「尿尿遊戲」——每天背唸一個新的國家名稱，竟把世界上所有的國家都給「尿遍了」！

真的，只要有心，連小豬也可以環遊世界！

只要有夢，我們都可逐步走遍天下！

◀參觀埃及神廟時，我看見一歐洲殘障男士，坐著輪椅，勇敢地和其他團員，一起旅行。

（附註：由於篇幅的關係，本書《我心環遊世界》只能暫時以九個國家的旅遊故事做為題材，和大家分享；希望不久的將來，會有其他國家的旅遊故事，陸續和讀者們見面，謝謝大家！）

▲在埃及，前往「帝王谷」的公路旁，有巨大的古代帝王石像；一對外國夫妻，正手牽著小男孩，相互擁吻。

第一輯

北非諜影、埃及歡樂遊！

人要溝通、要有安全感，
就要有「互信」的基礎

不，我不要和台灣同胞一起睡！

我對臥舖火車的印象，
大概就是「東方快車謀殺案」——
在黑夜快速前進的火車中，爾虞我詐地鬥智……
要不然，就是蘇聯的夜臥火車，
睡到半夜，有KGB（秘密警察）前來敲門，
準備逮捕可疑的間諜！

到了開羅基薩火車站，天色已暗，大夥兒進了收票口，坐在月台的台階上，等待搭乘「臥鋪火車」前往亞斯文。由於來得太早，所以要枯等一個小時左右。大夥兒看呀看，覺得很奇怪，怎麼我們進入月台不用檢查行李，而埃及人進來，卻被嚴格要求打開行李一一檢查？原來是這些臥鋪火車大部份是給「外國觀光客」乘坐的，爲了維護觀光客安全，都對進月台的埃及人安全檢查。

我從未搭過「臥鋪火車」。這一臥，要從晚上八點，坐到隔天凌晨八點左右，才會到亞斯文，也就是著名的「亞斯文水壩」的城市。

坐在月台的台階上，大家閒聊著。我對臥鋪火車的印象，大概就是「東方快車謀殺案」——一夜驚悚和懸疑，在黑夜快速前進的火車中，爾虞我詐地鬥智……要不然，就是蘇聯的夜臥火車，睡到半夜時，有KGB（秘密警察）前來敲門，準備逮捕可疑的間諜！

▲今日的金字塔，只能觀看，不能攀爬。

說到蘇聯KGB，就有一女團員說，她曾經去過蘇聯，也坐過臥舖火車，可是，這經驗太可怕了，她，不想說！

啊？不想說？什麼事，這麼可怕？這女團員說，因爲我是落單的男團員，可能會獨自一人睡，或和其他不認識的人睡，如果她說了，我可能會半夜睡不著！

「不會啦，我不會怕啦，妳說說看嘛，有什麼可怕的事？」我實在好奇，一直央求女團員說。「好吧，那我就說了噢，你可不要怪我哦！」女團員似乎真的怕嚇到我，不過，她還是說了。

話說幾年前，她參加旅行團遊蘇聯，在夜舖火車上睡了一覺醒來，好多團員，包括她，都說他們錢包的錢少了、被竊了。可是，臥舖房間的門有鎖上啊？一整夜也都睡得很好、沒有發現有人潛入啊？

眞的，大家都百思不解，怎麼錢會不見了？而且，有四、五個團員都信誓旦旦地說，錢眞的不見了！房間，是密閉的，也沒有天花板可以藏匿人！大家眞的想不出來答案；最後，最有可能的答案是——有人放了類似「迷魂藥」的氣體，透過「冷氣孔」，不知不覺地吹了進來！那一天，大家累了，又可能吸了迷魂藥，所以每個人都睡得像死豬一樣，不省人事！而服務員，不，或應該說竊賊，就拿「萬能鑰匙」，趁大家熟睡時，偷偷溜了進來，竊取金錢。因爲，那女團員說，雖然當時蘇聯的夜舖火車房內是可以上鎖，但卻沒有從房內可以「反扣」的鎖。

聽了這故事，心裡是眞的有點毛毛的！

「好啦，火車快來了，我來宣佈臥舖房間的號碼。」埃及導遊阿不嘟說：「我們全部都住在第二車廂，從五號開始，到十二號，大家兩人一間，房間隨便選！而你，戴老師，恭喜你，你是十三號！」

「啊？十三號，這麼幸運？……我一個人睡嗎？」

「噢，不，你有大陸同胞跟你睡！」阿不嘟說。

「是男的，還是女的？」有人插嘴問。「是女的！」阿不嘟奸詐地笑著對我說：「哈，你哪有那麼好命？是──男──的！」

「唉！」我嘆了一口氣。可是，我想，可能是阿不嘟故意騙我的，我又追問：「你怎麼知道是大陸同胞跟我睡？怎麼不是我一人一間？」

「是我朋友告訴我的啊，他在那邊，他是帶大陸團的呀！」阿不嘟用手指向那邊幾乎全都是男生的大陸旅行團。

「好啦，火車來了，大家退後一點！」阿不嘟指揮著大家。而當火車停穩，大家依序上車，進入臥舖房間。

臥舖，小小的，進去時，是雙人椅，但要睡覺時，服務員會將兩張折疊在牆壁上的床拉下，成為「上、下舖臥床」。我仔細觀察一下，房間是密閉的，大概跟蘇聯火車一樣，也有冷氣孔，不過，它關門時，有鐵鏈可以從房內「反扣」。

我一人坐著，想，如果沒有大陸同胞，只有我一個人睡，該有多好？而那即將來跟我睡、不知是誰的大陸男人，不曉得長什麼樣？半夜，我會不會被「迷魂藥」迷昏？或被大陸同胞打劫？我，會不會睡不著？或整夜不敢睡？

我走出臥舖，和鄰間的阿不嘟講講話。此時，聽到一陣男人的吵雜聲——「在哪裡？哪一間？……」只見一群大陸同胞眞的從隔壁車廂來了，那導遊說：「就是這一間，十四號。」

「噢，不，不，我不要，我不要和台灣同胞一起睡！」其中一個矮小的大陸同胞對他們的導遊大聲嚷著：「你負責幫我調整一下、安排一下，我不要一個人過來這裡

▲臥鋪火車房間內，簡單的盥洗設備。

▶睡了一夜，天亮了，陽光照射進來，火車快到站了。

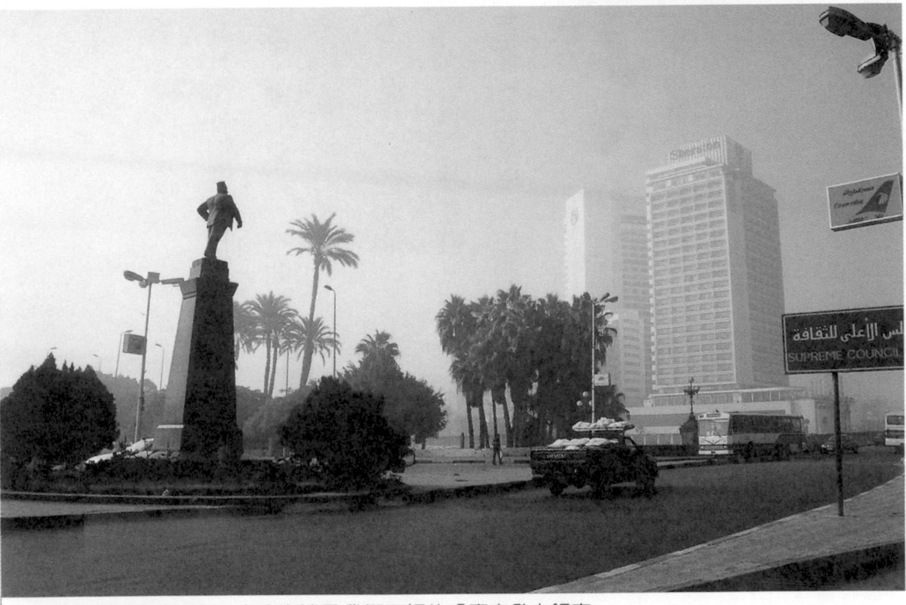

▲埃及首都開羅街景，右邊高樓是我們下榻的「喜來登大飯店」。

住！」

此時，阿不嘟跟我眨眨眼，暗示我，不要說話！後來，果眞那群大陸同胞全都走了，不知是不是被我「嚇走的」？可是，我又不可怕啊，我才怕你咧！哈！

就這樣，我一個人，一人一室，沒有上下舖的壓力，空間變得很寬敞，所有團員也都過來參觀我獨自一人的「VIP」套房，眞棒！

其實，我想，那大陸同胞一定是個好人；而我，也更是好人！可是，大家既未曾謀面，也不知對方長得是圓的，還是扁的，所以心裡就自然產生「不安全感」。**真的，人要溝通、要有安全感，就必須有「互信」的基礎，也要一步步地接近、接納，才能彼此互相了解！**

勵志小站

因此，「Touch」一字拆開來，就是「Trust、Openness、Understanding、Confidence、Honesty」；而人的溝通，不也是需要如此嗎？

有兩名樵夫一起到山上去砍柴，其中一人非常賣力，一分鐘也捨不得休息，砍得全身汗如雨下；另外一人呢？也是非常用心、專心砍柴，但是，他每砍柴五十分鐘，就休息十分鐘。後來，太陽下山了，兩個樵夫比一比，發現休息的樵夫比不休息的樵夫，砍得更多的柴。

嘿，這就奇怪了，沒休息、汗流滿面的樵夫簡直不敢相信，怎麼我這麼賣力、努力砍柴，竟輸給那「愛休息」的人？好吧，問他原因吧！那樵夫回答說：「我每次砍五十分鐘，就休息十分鐘，讓我放鬆一下，也動動胳膊、伸伸腰，順便，也把我的斧頭磨得更利！」

人的斧頭，若鈍了，一直猛砍，又有什麼用？人，若拚著老命，天天賣力用鈍斧頭砍柴、天天朝九晚五地例行性工作，而沒有休息，也沒創意，則，會使自己的頭腦和身體搞得「又鈍又累」啊！即使，有時自己的斧頭磨利了，但也要放鬆自己，不必天天揮汗砍柴呀！

報載，三位交通大學教授，在春節期間，爲了學術研究和報告，犧牲假期、也犧牲與家人的團聚，最後竟然「過勞死」！而我的一位小學同學，當上台大教授、也獲選爲十大青年，亦勞累過度，罹癌病逝。看到這樣的新聞，心中眞是難過呀！爲了學術桂冠的榮譽、爲了求好心切，這些菁英知識份子，竟如此英年早逝，眞是令人不勝唏噓！

人，就算贏得了崇高的學術聲譽或國家獎章，卻賠上自己的生命，又有什麼用呢？放下吧！輕鬆一下吧！無拘無束、自由自在地出國旅遊走走吧！世界之大、之奇、之妙，眞值得我們走出去看看，也感受各國的風俗民情；更重要的是，在旅途中，也會遇到許多新鮮、奇特的趣聞妙事啊！

「Too old for what?」（哪方面太老？）電影「艾蜜莉的異想世界」女主角，爲了保護未婚夫，指他絕不會太老，而說了這句話。

真的，「No, never too old!」人只要有心、有計劃，勇敢地踏出自己的「框限」與「心牢」，睜大眼睛，用心來看看這美麗世界，則，我們的心，一定永遠「年輕、快樂」，也永遠「不老、不鈍」呀！

▲這座「階梯金字塔」，是西元前一千多年法老王卓瑟為自己蓋的墳地，於1924年才被人發現。

▼公車上，熱情地向遊客揮手的女生們。

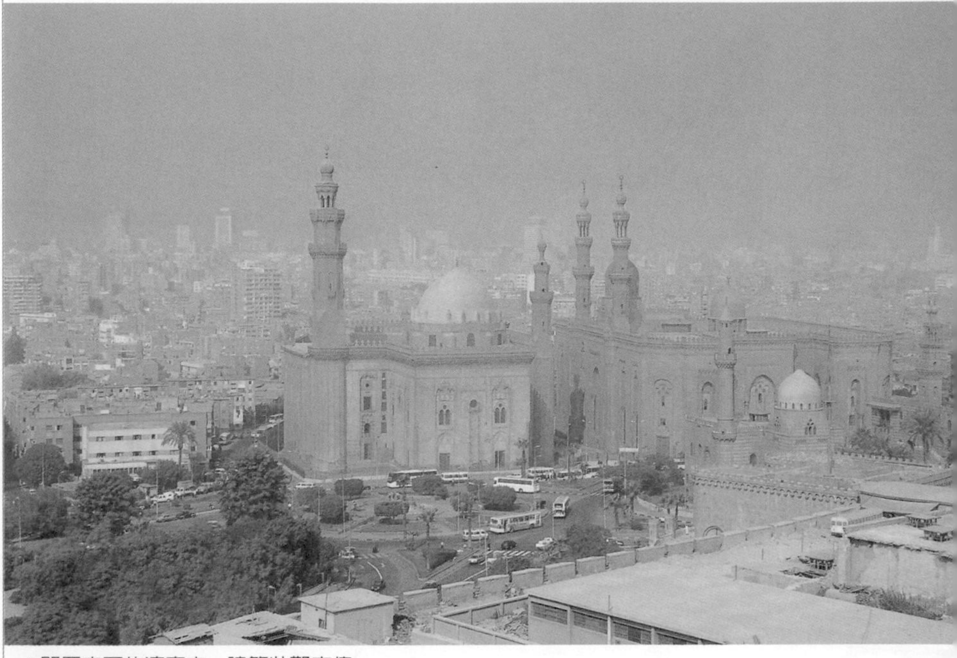

▲開羅市區的清真寺，建築壯觀宏偉。

天哪，我的身旁有上百具「木乃伊」

大賣場，東西林林總總太多了，
自己拿、隨便拿，都很便宜，
也沒有什麼稀奇、貴重的物品；
可是，那時我覺得，
那些木乃伊，真的很像「大賣場的物品」，
真的很不稀奇……

埃及，有七千萬人口，其中一千五百萬人，集中在首都開羅。開羅，給我的印象，是舊舊、灰灰、濛濛的，因它是個古老的城市，沙塵很多；而且整個埃及的百分之九十都是「沙漠」，只有尼羅河畔的綠洲土地，可以耕作、居住。

到達開羅，我們住在尼羅河旁的「喜來登飯店」；導遊阿不嘟說，靠尼羅河旁的飯店最漂亮，號稱是「七星級飯店」，其中的兩顆星──「一顆在天上，一顆在我心！」

到埃及，免不了要參觀「考古博物館」；這博物館，有百年的歷史，有趣的是，它竟然沒有「冷氣空調」。可以想見，裡面是多麼悶熱，尤其是炙熱的夏天，更是令人受不了！而在這博物館中，有十二萬件古物，其中最受遊客矚目的，大概就是「木乃伊」。古代埃及人，爲了讓自己的屍體不會腐爛，就把屍體製作成「木乃伊」，以期待他日復活！

記得在台北的歷史博物館，曾經展覽過一具「木乃伊」，天哪，當時幾乎是人山人海地排隊參觀；如今，進了埃及博物館，觸目所及，到處都是木乃伊，一個個像透明棺材一般，整齊地排列著！而且，不只是人有木乃伊，連小鳥、小動物、鱷魚……

▲卡納克神殿是古埃及時期，法老王們祭祀的地點，
距今已有一千五百多年歷史。

▲「埃及考古博物館」的一角，陳列著許多具「木乃伊」。

都有古埃及人幫牠們製作成「小木乃伊」，很有意思。

在沒有空調的展覽室裡，燈光暗暗的、悶悶的，我竟和「數十具」，哦，不，應有「上百具」的木乃伊共聚在一起！這麼多的木乃伊，我是沒有什麼怕的啦，只是感覺自己像是身處在……「倉庫」或「大賣場」一般！

大賣場，東西林林總總太多了，自己拿、隨便拿，都很便宜，也沒有什麼稀奇、貴重的物品。可是，那時我覺得，博物館裡的木乃伊，真的很像大賣場的物品，很不稀奇！一大堆的木乃伊，堆積在陰暗的牆角、或疊高在接近天花板處；好多木乃伊，一具具的，遊客連瞧都沒瞧一眼、無人聞問！不像在台北，只展出「一具木乃伊」，就造成那麼大的轟動！

眞的，「物以稀爲貴」，在芸芸眾生之中，在數十億人口中，人，是何等的渺小，就像是我們停留在撒哈拉沙漠中，所抓起的「一小把沙子」，眞的很微不足道！

可是，人，也必須努力地活出自己的「稀」和「貴」來呀！

如果，我們每個人都只是和常人一樣，除了吃飯、睡覺、上班、工作，平平庸庸，沒有一些特殊的才能，也沒有傑出的成績和表現，如何顯出自己的「稀有」和「尊貴」呢？

就像在金字塔旁、在神廟旁，永遠有人天天「守在廁所邊」，等待收取如廁費；也有人天天牽著駱駝，讓遊客乘騎，來索取小費，這樣，一日復一日，一年又一年，只靠著三、四千年前祖先所留下的遺跡，索錢度日，而沒有靠自己的腦力、創意來開拓自己的人生，這，是多麼可惜啊！

在尼羅河的遊輪上，每個人都有臥室、房間。一天，當大夥兒回到自己的房間時，都驚訝地大叫——「天啦，怎麼會這麼可愛？」啊，到底怎麼了？……原來，是服務生在清理房間之後，特地將床罩、毛巾，製作成一隻「小鱷魚」的模樣，眞是唯妙唯肖、好漂亮、好有創意哦！而且，這隻趴在床上的小鱷魚，嘴巴還叼著一個「電視遙控器」呢？

眞的，那天大家的心裡都好欣喜、好窩心！因爲，許多團員，包括我，走過不少國家，卻從來沒有一家大飯店的服務生，有如此體貼、窩心的創意表現！

的確，要做，就要做最好的、做最教人深刻難忘的——「稀」和「貴」呀！

人，如果沒有「與衆不同」，就會被堆積在「大賣場」；

人，只有做出「獨特與創意」，才能被放置在「精品店」呀！

•勵志小站•

外電報導，土耳其影迷俱樂部不久前曾舉辦一項活動——「連續三天不眠不休地看三十部電影」，希望能創新「連續看電影時間最久」的金氏世界紀錄。後來，共有

▲尼羅河遊輪的甲板上，可飽覽四周景色，晚上亦有精彩的歌舞表演。

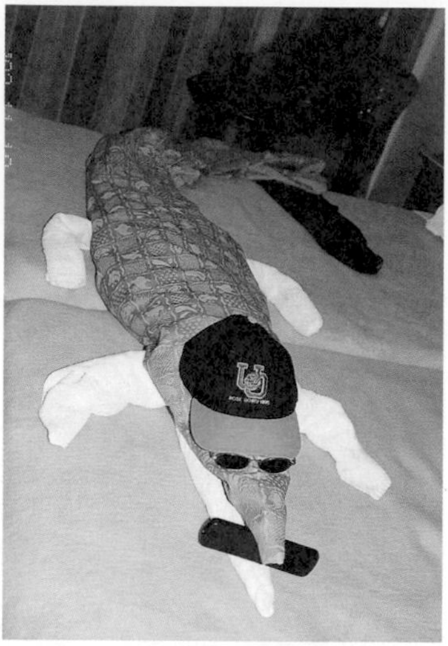

▲床鋪上，服務生用心製作的可愛「小鱷魚」模樣。

▲尼羅河旁的綠洲之外，就是乾旱無比的沙漠。

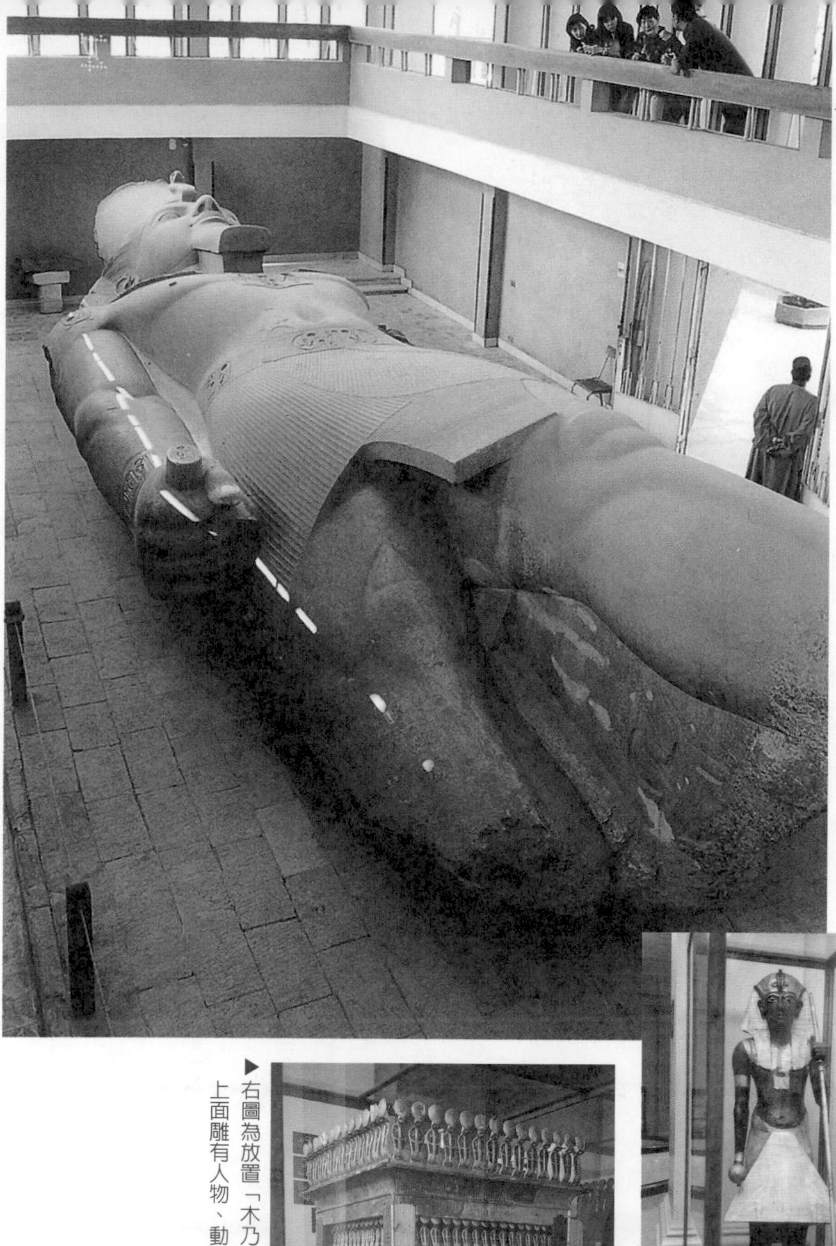

◀拉美西斯二世巨大的石灰岩雕像，膝蓋以下都已不見了，原來鮮艷的色彩，亦已剝落。

▶右圖為放置「木乃伊棺槨」的外觀，以黃金鑄成，上面雕有人物、動物等紋飾。

「近百名的影迷」和「一隻貓」報名參加了這項活動。

看到這則新聞，覺得有點好笑，因爲，即使連續三天不睡覺，看了三十、四十部電影，打破世界紀錄又有何用？又有何意義？畢竟，只呆坐在那裡看電影，就能打破世界紀錄，並不是什麼「光榮創舉」啊！

另有一則新聞，提到有一名台灣大學女生流連網咖，七天七夜沒睡覺，一直坐在電腦前猛打電動，結果得了「猛爆型痤瘡」，臉上也長滿了痘痘……

其實，我們每個人都是「一件商品」。假若，某人是大受肯定的「品牌」，價值就比較昂貴，受人看重；但，若某人並非「名牌」，只是路邊貨、或瑕疵品，則就沒有啥價值，少有人器重。

最近，大陸有一位一九八四年出生的年輕作家「韓寒」，十七歲時，就創作了三十七萬字的長篇小說「三重門」，被歸類爲「反大人文學」，其作品已在中國狂銷兩百萬冊。**韓寒說：「我是金子，我是要閃光的！」**

哇，好一個「自信、狂傲」的小子哦！可是，人若不自信、不狂傲，如何成大器呢？韓寒念高一時，有七學科不及格，而被留級；可是，他參加「新概念作文大賽」，獲得了一等獎！所以，自信的韓寒，自稱是「一塊上海的大金子」！

是的，我們都是「一塊金子」，都是要發光、發亮的！

我們都是「國寶級的鑽石」，都是要耀眼、奪目的！

在「九二一大地震」之後，災民們都在殘破瓦礫中，擦乾眼淚，走出自己的新生命。其中，東勢鎮重建區有個「青楓舞蹈協會」，不斷地鼓勵受災民眾，勇敢走出自己，也跳出婦女的新希望！這群婦女說：「我們是來自災區，可是，請不要叫我們『災民』，因為，我們的名字叫『自信』！」

看到這段話，我的眼眶，泛著淚光。

是的，沒有人的名字叫「災民」，我們的名字都要叫「自信」——一個勇敢挑戰命運、不屈不撓的「信心小巨人」！

只要心中有真愛，不怕沒人脈！

她興沖沖地進入「地下墓穴」……

阿不嘟這個導遊很認真，
在酷熱的沙漠中、曠野中，
他一跛一跛的身影，總是一馬當先，
帶領大家進入神廟、國王陵墓，
或面對著三、四千年前的石刻壁畫，
如數家珍地用心解說……

初見導遊阿不嘟，就覺得他是個道地的埃及人。他，中等身材，皮膚黝黑，有輕微的小兒麻痺，走路一跛一跛的；可是，他在埃及的中文導遊界，卻是元老級的「師傅」，先後調教出許多「徒弟」來。

阿不嘟，頭上總戴著一頂帽子，人，笑嘻嘻地，從未見他發脾氣；偶而看見他脫下帽子，噢，原來他是「禿頭」，頭頂上全都是光溜溜的，還會發亮。

阿不嘟喜歡開玩笑，有時大夥兒在晚上逛街時，他會偷偷地走到女團員背後，突然用低沉的嗓音說話，來嚇嚇大家！而在我們遊埃及期間，適逢他們的「齋戒月」，所有回教徒都必須遵守「日出到日落」之間，「不吃不喝」的誡命；所以，我們每天看到阿不嘟，他都很虔誠，不敢偷吃東西，也不偷喝水，直到傍晚，太陽下山，大約五點左右，他才會吃東西。

許多團員會很訝異，爲什麼阿不嘟可以把中文講得那麼好？而且，他

▲埃及到處都是高聳巨大的神廟，令人目不暇給。

▲認真、風趣，一直戴著帽子的導遊「阿不嘟」。

的英語、法語也都很不錯。原來，他是埃及大學中文系畢業的高材生，以前更是被選派至中國北京的「交換學生」，曾在北京待過一年，也曾雲遊上海、南京、廣州等各大城市。

阿不嘟說，他帶過無數個旅行團，當然包括台灣團和大陸團；而台灣某電視台來埃及拍攝旅遊節目時，還是他擔任導遊解說的。

阿不嘟又說，他曾經帶過一大陸團，其中有些團員很喜歡吃大蒜，每天都要吃大蒜，吃得全身都是「大蒜味」，好可怕哦！可是他們吃大蒜的人，自己都不會察覺、也不知道，眞是好奇怪！

說眞的，阿不嘟這個導遊很認眞、也很負責；在酷熱的沙漠、曠野中，他一跛一跛的身影，總是一馬當先，帶領大家進入神廟、國王陵墓，或面對著三、四千年前的石刻、壁畫或圖騰，如數家珍地解說其創作思維和意涵。

可是，在「阿不辛貝神廟」或路克索的「帝王谷」地下陵穴區，阿不嘟只是在外頭找個陰涼處，向大家解說內部的牆壁畫像，而不親自帶大家進去看。問他原因，阿不嘟說，這是他們政府的新規定，因爲，天天都有導遊帶無數的旅客進入古代帝王的墳穴內參觀，如果導遊在裡面講解，參觀的時間就會拉長，一來會拖慢參觀的速度，二來導遊的話太多，或無數遊客的呼吸所產生的「熱氣、濕氣」，會造成、也已經造成三千年前的彩色壁畫「逐漸褪色」！

天啦，我第一次聽到，連不經意的「呼吸」，都會造成別人物品的傷害呀！

著名的「帝王谷、帝后谷」，都是蓋建在外形很不起眼的曠野丘陵地下，連十一月的初冬，都覺得炙熱無比。而一些居住在那兒的埃及老百姓，因著帝王谷的觀光客日漸增多，就在自宅裡做起生意來，賣些紀念品和法老王石雕等飾物。

其實，這些民宅，就是蓋在「古代墳墓的地上」，這麼一來，除了做做生意之外，也可以讓遊客親自進入「地下墓穴」參觀一下。那天，咱們團一上了年紀、穿著時髦、經常獨自四處旅行的阿嬤，興沖沖地第一個進入墳墓，大夥兒也都跟著下去。沒多久，這阿嬤也第一個衝了上來，嘴巴一直喊著：「噢，好臭哦，都是鴿子的大便

■「帝王谷」附近的民間住宅，為了吸引觀光客，外觀及屋內的色彩均漆得十分鮮艷，他們吃著傳統燒烤的餅。

◀「荷魯斯神殿」塔門高達一一八呎，牆壁上繪製了典型的法老王與敵人的戰爭情況。

◀在神殿中，巧遇來自墨西哥的帥哥美女夫婦。

味道，好臭哦！」

說著、說著，這阿嬤就「咔——呸——」，向著民宅的牆壁，用力吐了一口痰！這時，站在一旁的阿不嘟，看到了，當場睜大著眼睛、愣傻了眼！

阿不嘟事後偷偷地告訴我們說，這阿嬤竟然很自然、很順口地在人家的牆角「咔——呸——」了一大下；還好，當時民宅的主人不在場，否則，若親眼看到這一幕，實在是太難看、太丟臉了！

真的，常吃大蒜的人，自己從來不會知道身上有「大蒜味」！

而人，連呼吸，呼出熱氣、濕氣，都會造成別人物品的傷害，更何況是在別人家裡「咔——呸——」地吐了一大口痰——儘管別人家裡是多麼卑微，或味道是多麼惡臭、難聞！

·勵志小站·

西班牙有一個奇特的風俗，就是在結婚典禮之後，現場的觀禮來賓，都會將白米灑在新婚夫婦的身上；因爲，聽說這樣做，會爲新婚夫婦帶來好運。也因此，每當新人在教堂裡結婚時，前來觀禮的親友就一直用白米往新郎和新娘身上灑，也灑得滿地都是，十分髒亂！

一位在西班牙中部一處教堂服務近三十年的老神父說：「我……我受不了了！以後來教堂結婚的人，不准在教堂裡灑白米！違者，罰一百歐元！你知道嗎，我……我已經掃了二十九年多的白米了，掃得腰都挺不起來了！我……每次從地上掃出來的白米，多達三十多公斤呢！」

唉，眞是個可憐的老神父啊！結婚的新人和親友，怎不會「尊重一下」老神父，將教堂打掃乾淨再走？畢竟，「尊重別人」是一項很重要的功課！

有人說：「有錢無知不算富。」的確，有了錢，也必須有好的內在，懂得看重、尊重他人，才是富有啊！所以，**老子曾說：「良賈深藏若虛，君子盛德容貌若愚。」**一個心靈富有的人，常是謙卑地「深藏若虛、容貌若愚」，而不是我行我素、不懂得尊重他人呀！

也因此，我們都要有「越陳越香的待人態度」！

而且，「只要心中有眞愛，不怕沒人脈！」

其實，我們一開口說話，一舉手、一投足，都是我們自己的「形象廣告」；我們自己的廣告演得好不好，看見的人，都一直在爲我們打分數呀！所以，我們都應學習尊重他人，並把「歧視、封閉和冷漠」丟在一旁，來努力演好自己的「人生廣告」。

每一天，都是上帝賜給
我們的「美麗禮物」！

「媽咪，妳爲什麼要我嫁給他？」

摩西帶領以色列人逃離埃及時，
法老王突然反悔了，
派大批軍隊追殺以色列人，
但，摩西藉著上帝的權柄和神蹟，
將紅海的海水「分成兩半」，
讓以色列人順利逃出埃及！

讓我將時間往前拉回一些。那天，清晨四點半，飛機從杜拜起飛，前往開羅。才起飛沒多久，就看到一頭戴紗巾、蒙住臉部、只露出眼睛的女人，一直按亮服務燈，叫空中小姐趕快送餐過來。爲什麼？四周的旅客都覺得奇怪，哪有飛機才一起飛，就急著要吃東西？

原來，此時是回教國家的「齋戒月」，所有回教徒在「日出到日落」之間，都不能吃喝東西；也就是說，大約清晨五點，到傍晚五點左右之間，教徒都必須不吃不喝，靜心工作、或體會饑餓的痛苦，進而幫助窮苦的人。所以，這頭戴紗巾的女回教徒，要求女空服員趕快在清晨五點前，送食物給她吃。

眞有意思，我，已經從阿拉伯聯合大公國的杜拜，經四個小時的飛行，漸漸抵達埃及首都開羅。以前，對「開羅」的印象，只有二次世界大戰期間，盟國領袖蔣介

◀回教徒，一天要祈禱敬拜五次。

石、邱吉爾、羅斯福與史達林，在開羅舉行所謂的「開羅會議」；聽說，這會議下榻的飯店，就是在「金字塔」旁邊的一家古老飯店。

飛機落地了，進入開羅新機場，有些團員上了洗手間，一出來就大叫：「天哪，在國際機場上廁所也要給錢，我第一次看到！」

哈，在埃及，除了少數飯店之外，各景點、機場，上廁所都需要錢；而在許多國王陵墓或博物館，拍照也都需要另付「照相費」，而拍攝V8攝影機，更貴！

埃及，是個古老國家。聖經〈出埃及記〉中記載，以色列人住在埃及當奴隸，共有四百三十年；但，後來摩西帶領以色列人，脫離法老王的統治，不再成爲奴隸。可是，在逃離埃及時，法老王反悔了，派大批軍隊追殺以色列人，但摩西藉著上帝的權柄和神蹟，將紅海的海水「分成兩半」，讓以色列人順利地逃出埃及！

然而，有意思的是，逃離埃及的以色列人，並不是信奉基督教或天主教，而是信奉「猶太教」；而埃及呢？大部份埃及人則信奉「回教」。不過，埃及政府也允許民眾信基督教，所以埃及也有少數的基督徒和教堂。而以前耶穌的母親瑪麗亞爲了逃避羅馬人的追殺，與夫婿逃到埃及；如今，瑪麗亞躲藏的地窖上，已蓋成一座小教堂，供遊客參觀。

導遊說，在埃及，回教徒教規比較嚴，回教徒不能改信其他宗教；而且，回教徒女人不能嫁給基督徒男人，不過，回教男人倒是可以娶基督徒女人爲妻。說到「男女嫁娶」之事，有團員就說，最近網路上流行一則故事——

有一隻蜜蜂，嫁給蜘蛛當妻子，可是，蜘蛛很不滿意，難過得向媽媽哭訴說：「阿母啊，我爲什麼要跟一隻蜜蜂結婚呢？」媽媽安慰蜘蛛說：「孩子啊，能娶蜜蜂爲妻也是不錯的啦，好歹人家也是『空中小姐』啊！」

而另一方面，蜜蜂在得知要被許配給蜘蛛時，也是很傷心、難過，她委屈地向媽媽哭泣說：「媽咪呀，你們爲什麼要我嫁給蜘蛛呢？」此時，媽媽也安慰蜜蜂說：「女兒啊，嫁給蜘蛛也是很不錯的呀，好歹人家也是『搞網路的』呀！」

導遊說，埃及人口約七千萬，有二十所左右的大學；而在校的大約二十五萬名大學生中，有十七、八萬都是女生。「啊？怎麼女學生這麼多？」「因爲女生很少在外頭玩，都很用功在家裡唸書，所以成績都比男生好！」導遊說。

在開羅的「考古博物館」，我看到一女學生，她，沒有披著白頭巾，一身T恤、牛仔褲，跪在地上，專心地臨繪、素描埃及古文物；當她看到我時，抬頭對我輕輕一笑，好有氣質、好漂亮哦！……而在機場，我也看到一年輕媽媽，包著頭巾，坐在牆邊，無視四周吵雜的聲音，溫柔地抱著自己的新生嬰兒；她，時而深情望著、時而玩逗著懷中的孩子，好美、好幸福哦！

不管自己是蜘蛛、還是蜜蜂，每個人「都有追求幸福的權利」；不管身在何方，

◀開羅機場裡即將遠行、戴頭巾的女子們。

▲在開羅的「埃及考古博物館」內，一身穿T恤、牛仔褲的女孩，害羞、含蓄地回眸一笑。

▲回教徒真的有夠虔誠，時間一到，即使是在停車場，依然立刻跪拜祈禱。

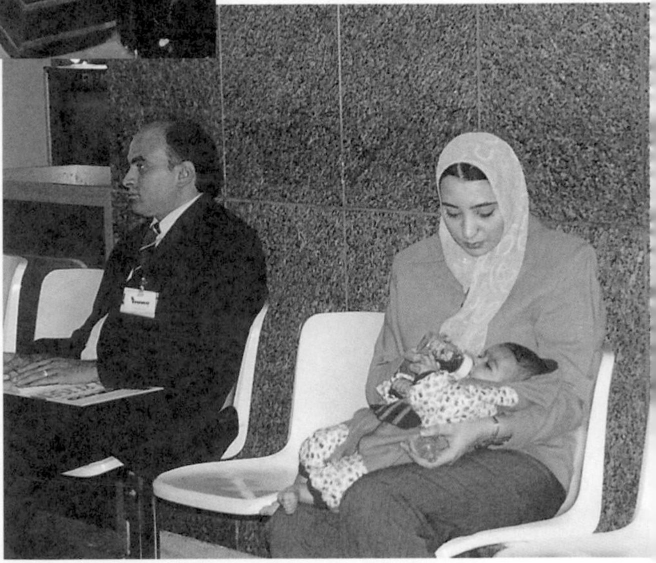

▶機場中，年輕的媽媽，溫柔地抱餵著寶貝嬰兒。

蜜蜂都要勤採蜜，蜘蛛都要勤吐絲、織網！而人，也都要勇敢地學習成長，造就自我，讓自己的心念更美麗、更漂亮、更動人呀！

・勵志小站・

全球知名、年近五十歲的武打明星成龍，在接受電視訪問時說，他年輕時，曾深愛著一位初戀女友叫「阿珍」；他眞心愛著她，也曾立過誓：「若眞能娶到阿珍，我願意短命十年！」

可是，阿珍似乎不喜歡他，也說她父母堅決反對，而要求分手。成龍說，當時「我從早上十點開始求阿珍，求到晚上十點」，可是阿珍還是堅持要分手！那時，阿珍脫口說出：「我爸說，做個武行，永遠沒出息！」這句話，重重地打擊成龍的心！他，從此立志要當拚命三郎，一定要出人頭地，再也不讓別人瞧不起！

其實，阿珍並沒有錯；因爲，每個人都有「追求自己幸福的權利」！而成龍，更沒有錯！他失戀、他挫敗，但他選擇「化悲痛爲力量」，勇敢地「打出自己的天下」，來成就自己今日的天王地位和榮耀！

「喜歡自己的人請舉手！」若有人問我們這句話，我們應該都要舉手；因爲，我們都要「喜歡自己、看重自己」，也都要懂得「創造命運、追求幸福」呀！

大文豪泰戈爾說：「每一個嬰兒的出生，都帶來了上帝對這個世界未絕望的信息。」的確，上帝對這個世界沒有絕望，我們對自己，更不能絕望！

事實上，每一天都是上帝賜給我們的「美麗禮物」！每當我們一早醒來、睜開眼睛時，都能看見亮麗陽光、藍天白雲；即使是刮風下雨，也一定會有「雨過天晴、高掛彩虹」的時候呀！

所以，不管失戀也好、挫敗也罷，我喜歡「享受挑戰」（enjoy your challenge）這句話！人，就是要「享受挑戰、追求幸福」，才能嚐到人生更甜蜜的果實！

人的「出身」不重要，
要能「谷底翻身」才重要！

尼羅河畔，令我驚奇的「開羅之夜」

半夜十二點了，
我驚然看見一年輕埃及爸爸，
肩上扛著幼兒，
和媽媽有說有笑地走在尼羅河畔，
也靜靜地漫步賞月，
享受那皎潔、寧謐的月光……

搭機回台的前一晚，部份團員自費在「金字塔與人面獅身像」前，觀賞了一場結合「雷射與科技音響」的聲光秀。約九點半，旅遊行程全部結束了。可是，埃及，就這樣子嗎？我還不甘願，想再探險一下；於是，我和一位陳小姐決定，放棄搭計程車，而改搭「馬車」，在市區逛一逛，再回飯店。

說實在的，在完全陌生的開羅市，想坐馬車，要先殺價，可是又怕遇到不測，心裡眞的有點緊張！但，我想，坐馬車逛街，應是最接近「眞實開羅」的方式。

殺完價，坐上馬車，車伕用力甩著皮鞭，口中也大聲地「喲——喝——」馬兒就乖乖地向前走著，也輕慢地跑著。「躂、躂、躂、躂、躂……」馬蹄

◀開羅市區的清晨，蒙著一層灰灰的白霧。

聲，好清脆哦！

看著五光十色的夜景，看著熙來攘往的人潮，看著天空上高掛的月亮，逐漸地，我原先緊張的心情不見了！馬伕不時地轉過頭來，問道：「Good?」我笑笑，點點頭。不久，馬伕又用生硬的英語說：「Opera house, picture?」我看了看，是歌劇院，哇，還有許多人群在外頭流連忘返。

「Tower, beautiful tower!」馬伕側坐著，隨時轉過身來介紹景點，而身旁，汽車「叭，叭，叭——」一輛輛過去，馬伕卻一點也不管它，總是從容地佔著一個右車道，也用皮鞭甩在地上，「啪！啪！啪——」馬兒即快速地奔馳起來了！

馬兒走過百貨公司、跑過古老大橋、也在尼羅河畔，緩緩地溫柔散步。在月光下，哇，眞美！這是我一生中，完全沒有過的經驗。

約莫半小時，馬車到達飯店。可是，還不過癮！下了馬車，我與陳小姐決定，不坐車了，徒步再走回市區，再去冒險一下。晚上十點了，心裡是有點怕，不過，街上的人潮、車輛依舊，而且，街上到處有警察巡邏，應該很安全才是。

走回尼羅河上的大橋，岸上的霓虹燈閃爍著，停靠岸邊的餐廳船上，仍高朋滿座；而大橋上，更是擠著來往的年輕人——大部份都是男生，因在這回教國家，女生夜間很少外出；而少數的男生和男生，則「手牽手走路」，聽說，不是同性戀，而是「要好的朋友」！

「Hello, welcome!」「Welcome to Cairo!」走在橋上，好多男生，笑嘻嘻地對我們說著。不是只有一個，而是接連好幾個。我，眞的有點感動，因爲，在台灣、在台北，我未曾打從心裡，眞誠地對任何一個外國人說：「「Hello, welcome!」「Welcome to Taipei!」

突然之間，我發現，在開羅的年輕人，是熱情的；而在台北的我，是冷漠的！

快十一點了，體育園區大概有體育活動剛結束，又湧出一堆人潮來。

我們順著人群的路線，走進了「地下鐵」。天哪，是個乾淨、漂亮的地下鐵，牆壁上鑲著巨大、色彩繽紛的壁畫。走到驗票機入口，我們沒有票，進不去地下月台。

我掏了掏身上所有的「埃磅」，唉，明天就要回台北了，埃磅都花光了，所剩的零

◀開羅地下鐵色彩繽紛的壁飾。

◀開羅地下鐵的風貌。

錢，不夠買兩張最近距離的地鐵車票。

正當我站在售票口前，一副失望表情時，後面的一年輕人伸長著手，越過我的臉，將鈔票遞給售票員，並說了一些我聽不懂的話。我是聽不懂，但，我很清楚知道他的意思，他向其中一位售票員說：「我來幫他們付地鐵的錢！」

天哪，一瞬間，我好感動哦！怎麼會有這麼好的埃及人？

我笑笑地對他，也對售票員用英語說，我們沒有要去哪裡，我們只想進地下月台，看一下地鐵的樣子。那中年、牙齒暴暴的售票員，不懂英語，但，在比手畫腳中，他了解我的意思。他，沒有收那年輕人的錢，而是對我微笑、並搖搖手說：「No, no money.」於是，他拿起鑰匙，帶著我們走向入口處的旋轉閘門，打開開關，讓我和陳小

▲半夜看見歌劇院附近，有「談話性節目錄影」。

▲遊輪上，化妝舞會租來的行頭打扮。

姐「免費入內參觀」。

當然，地鐵的火車長得都差不多，只是壁畫、色彩鮮艷的階梯，讓人感覺很有精神和活力。當我們走回原入口閘門時，那牙齒暴暴的售票員又站在那兒等我們。他，不會講什麼英語，只是一直微笑著，很客氣地打開閘門，讓我們通過，並揮手送我們離去。

黑夜中，開羅雖有寒意，但，我的心，卻是溫暖的。

走出地鐵，我們選擇了另一側門。哇，這裡就是「歌劇院」，眞是設計得太方便了！此時，晚上十一點半，人群已慢慢散去，但歌劇院的燈飾仍亮著，金碧輝煌！再往前走，咦，前面屋內怎麼還有一大群人？趨前一看，竟是「談話性節目的電視錄影」。我鼓起勇氣，問了一下看門的人：「可以進去嗎？可以照相嗎？」答案都是「Yes!」而每個看我在裡面照相的人，都對我笑笑。

再繼續走吧，已經很晚了，該往飯店走回去了。可是，前面又是一幢綻放「雷射光束、樂隊歌聲飛揚」的屋子。

「我可以進去看看嗎?」我好奇地又問,看門者又點點頭。

哇,是個「俱樂部」耶!台上還有樂隊演奏、歌星演唱。一位中年男子和善地對我說,這裡每天晚上都很熱鬧,只要花三十埃磅(約台幣二百四十元),就可以在裡頭消磨到半夜兩點。嘻,你看,前面還有新娘子呢?他們剛剛在此舉行婚禮,請了客,新娘子的白紗禮服還沒換下呢!

哈,眞好玩!說眞話,原來我對埃及的印象,並不是很好,因爲白天天氣很酷熱,而所看到的景點,不是神廟、金字塔,就是帝王陵墓,再不然就是小販敲竹槓、漫天要價、拉拉扯扯的市集,眞的又髒、又亂、又討厭!

可是,當我們在此深夜,獨自闖進地鐵、文化園區、歌劇院、或俱樂部時,一切都是如此祥和、美善、有人情味!當我們走在暗夜的街道時,迎面過來的武裝警察又和藹地問道:「Where are you from?」「Taiwan!」「Welcome, welcome to Cairo!」即使在不十分看清楚對方的夜裡,我眞的不再害怕,因爲——

開羅的夜,是清涼的;尼羅河的月,是柔美的;阿拉的子民,是和善的!

即使半夜十二點了,我驚然看見一對外國老夫妻,仍安祥地坐在馬車上,「躂、

◀開羅市區，水果行、商店即景。

◀埃及的男人們，晚上都聚在一起聊天、抽「水煙」。

躂、躂」，享受著那尼羅河上皎潔、寧謐的月光。而在我此生中，更是第一次見到，半夜十二點，仍有一年輕埃及爸爸，肩上扛著幼兒，和媽媽有說有笑地走在尼羅河畔，漫步賞月。此刻、此景、此情，眞是美得令我感動！

回到飯店，已是凌晨十二點半。我想到，棒球場上所說的——「眞正高潮的棒球比賽，往往是在『兩好、三壞、兩出局』的最後一刻，才出現！」

今夜，對埃及、開羅印象的「大逆轉」，也是在原訂旅程結束之後，才開始！

人生，只要「微笑、自信、從容」，也抱著些許「冒險的精神」，勇敢地開口、勇敢地走出去，則，意想不到的生命「大逆轉」、「大驚奇」，可能就會炫麗地跳映在我們眼前！

勵志小站

報載，淡江大學曾有一名工友盧慶塘，每天天還沒亮，就到學校掃地，忙完後再送公文。一天，他在校園內送公文時，遇見初中同學都已學成歸國在大學裡任教，而他，還只是一名工友；當時，他們倆都很尷尬，但，卻也激發起盧慶塘奮發圖強的上進心！

後來，盧慶塘開始努力進修，唸商職夜間部、大學夜間部，後來當上助教、出納主任，也利用每個寒暑假，到美國邁阿密大學繼續進修！前些年，盧慶塘苦讀有成，終於取得博士學位，而那時，他已經六十四歲了；不過，「從工友變成博士教授」，其堅強的精神和毅力，眞是令人敬佩呀！

人，「出身」不重要，要能「谷底翻身」才重要！

人，「站在哪裡」不重要，雙腳要「往哪裡走」才重要！

我們每個人都有眼睛，但有時候，人的眼睛是「茫然、無神的」，不知道在想什麼、看什麼？可是，有些人的眼睛是「精靈、有神的」，而且，不停地在搜索；他們不斷地以「搜索的眼睛」，用心環顧、敏銳觀察，希望能找到「新目標、新方向」來改變自己、提升自己！

真的，人「不怕走得慢，只怕一直站！」一直站，就會原地踏步啊！所以，人一定要創新、要改變。因為，只要敢冒險、肯改變，生命就會「有轉機、有契機」啊！在埃及的最後一晚，我體會到——**「不怕有困難，只怕沒變化！」**懶懶地關在旅館裡，也是過一夜，但若能改變自己，勇敢地走出去看看，就有「大驚奇、大喜悅」的降臨呀！

所以——「精神和毅力，是生命的脊梁！」

「肯再出發、永遠不嫌遲！」

第二輯

壯麗皇宮、今日嘆昨日！

（黃鉦智／攝影）

愚笨的人錯失機會，
智慧的人創造機會！

在匈牙利，看藍色多瑙河！

飽經戰亂的國家，是較貧窮的。
一路上，鄉村景色怡人，
但民眾的屋子，卻令人覺得蕭條、殘舊！
突然間，領隊叫大家往公路的左邊看：
「你們看，這段路上有不少女孩在招手，
你們知道她們在做什麼嗎？……」

高中時，我參加管樂隊，我們很喜歡演奏一首「布拉姆斯第五號匈牙利舞曲」，因爲它的節奏和旋律很輕盈、柔美和暢快，相信聽過的人都會喜歡上它，也能隨時哼唱幾段。

歷史悠久的「匈牙利」，和「匈奴」有些關係，她曾遭到蒙古、土耳其的大舉入侵；二次大戰期間，又有德國蓋世太保、納粹黨的欺凌，後來，更有蘇聯坦克部隊的鎮壓……唉，眞是歷史滄桑、可歌可泣！

我和旅行團在奧地利維也納下機後，立即驅車前往匈牙利；在入境時，持槍軍人在海關鎮守，眞像是如臨大敵，大家心裡也怦怦跳。軍人、海關人員都是不苟言笑，他們嚴肅地上車，一一核對身份，拖拉一陣子，才予放行。

飽經戰亂的國家，是較貧窮的。一路上，鄉村景色怡人，可是民眾的屋子，卻令人覺得蕭條、殘舊；看起來，鄉村居民的生活，是較落後的。

車子急速地開著，前往首都布達佩斯。突然間，領隊叫大家往公路的左邊看：「你們看，這段路上有不少女孩子在招手，看到沒？你們知道她們在做什麼嗎？」

大家的眼睛好奇地往左看，眞的，沿路都有一些年輕女孩。「知道嗎，她們都是

▲新哥德式的「國會大廈」修建完成於一九〇二年，是布達佩斯的地標，其特徵是十六根柱子上的星形圓屋頂。當時，規劃此案的總理說：「此建築一定要給『朋友和敵人』留下深刻的印象！」

（陳婕妤／攝影）

▲此「英雄廣場」修建於二十世紀初，也是布達佩斯最大的紀念廣場。

▲匈牙利郊區古色古香的街道。

▲「布達」和「佩斯」是個雙子城，中間隔著「多瑙河」；其中，最有名的就是「鏈橋」，長380公尺、寬16公尺，鐵鏈由兩座新古典式的拱門拉住，夜間景色十分耀眼、怡人。

（陳婕妤／攝影）

風塵女郎，在拉客。匈牙利經濟不怎麼好，有些女孩就在公路旁招手，等待有車子停下來，從事一些色情援交……」

「在公路旁拉客有效嗎？」

「有啊！沒有的話，她們幹嘛站在那裡？……這裡的警察也是睜一隻眼、閉一隻眼，經濟不好嘛，有什麼辦法？」

聽資深領隊這麼一講，大夥兒的心，似乎沉了下來。放眼望去，匈牙利的農村，眞是不怎麼繁榮，甚至感覺像是二、三十年前的台灣。

「嘿，通了耶，通了耶！喂，喂，有沒有聽到？……我們到了啦，我在匈牙利啦！」有個醫生太太，拿著國際漫遊手機，在遊覽車上，大聲說道：「你現在那裡幾點？……我這裡啊……早上十點啦！啊今天的股票怎麼樣？我那個台積電、聯電、旺宏有沒有漲？……啊？都漲停板啊，哇，太好了……」

車子慢慢駛進了匈牙利首都。原來，「布達」與「佩斯」，是兩個城市，中間隔著一條「藍色多瑙河」，而在一八七三年時，才改併成「布達佩斯」。

當然，布達佩斯的建設是比較進步的，它是個古典雅緻的城市，有宮殿、有城堡、有教堂、也有參天大樹的古老修道院……而多瑙河畔的河濱大道，也蓋起一家家的豪華飯店，都是衝著布達佩斯美妙、燦爛的夜景而來；因爲，布達佩斯被譽爲「多瑙河上最耀眼的一顆珍珠」，夜景極爲燦爛豔麗！

在匈牙利的那兩天，天公不作美，不時地下著雨；我們淋著雨，在英雄廣場紀念碑、在市立公園冷著哆嗦照相。原定的馬術表演，也只簡單潦草地在風雨之中，意思意思地跑了幾圈，團員們就躲到暖和的地窖裡去，品嚐陳年的葡萄酒。

其實，匈牙利人，是以亞洲的「馬札爾人」爲主；而馬札爾人，又是古代匈奴的一支，所以，他們好客、喝酒豪飲，也愛好歌舞；同時，他們傳統的服裝、衣裙極爲美麗鮮艷，騎馬技術更是一流，有草原民族豪邁不羈的性格。

雨，稍停了。走在山丘上的國王宮殿，也看著古老城堡和廢墟，再看看山下古典素樸的布達和佩斯，由多瑙河貫穿其中，眞像是一幅中古世紀的浪漫圖畫。

「喂，小心，妳後面快撞到人了！」我看著一女團員，一直「倒退走」，差點撞上後面的遊客。「妳幹嘛倒著走啊？」我不解的問。

◀布達佩斯一處極具詩情畫意的餐廳夜景外觀。
（陳婕妤／攝影）

▲以玉米葉製成的匈牙利「小樂隊玩偶」。

◀匈牙利的修道院一景。

「往前看，風景很漂亮，可是倒著走、往後看，景色很不一樣，風景也很漂亮啊！」那女團員依然倒退走著，對我說道。

我把頭，一回轉，往來時路一看——嗯，風景眞的也很漂亮，有圓拱屋頂大廈、有鐘樓、有高塔、有河流、有綠樹、有白雲……有古典、也有現代；有樸素、也有滄桑；有雅緻、也有蕭條……

在匈牙利只待不到兩天，所見有限，遊覽車又沿著前天來時的鄉間公路，回到了奧地利邊界。當車子又經過那段「風塵女郎婀娜多姿、招手拉客」的路段時，團員們的眼睛，又不禁往窗外看；只見穿著美艷、不斷揮手的女子容顏，一個、一個、一個……在我們眼前、在車窗外，消逝而過！

此時，有人手機響起了。車廂裡又傳出那醫生太太的大嗓音說道：「喂，喂……什麼……今天股票跌啦？跌了多少？……沒關係啦，你要記得，逢低買進，不要追高哦！明天你再幫我注意一下，台積電、聯電，有跌就買，加碼再買！還有那個什麼燦坤、寶成……聽說，『中國概念股』好像也不錯……」

‧勵志小站‧

有一天，一信徒請示盤圭禪師說：「我天生脾氣暴躁，不知要如何改正？」

盤圭禪師說：「你是怎麼一個『天生』法呢？你去拿它來給我看看，我來幫你改掉！」

信徒急著說：「不，不是啦！現在我是沒有暴躁啦，可是一碰到事情，那『天生』的暴躁脾氣，就會跑出來！」

盤圭禪師說：「如果現在沒有，只有在偶發時才會出現，那就是你和別人爭執時，自己造就出來的心；可是，你卻把它推說是『天生』的，將過錯推給父母，這眞是太不公平了！」

真的，脾氣不好、經常暴躁，不能推卸責任說是「天生的」！相同地，若我們貧窮、無知，也不能推卸責任說是「天生的」，畢竟，「心生則種種法生，心滅則種種法滅」；任何人，只要有心，就沒有什麼改不了的惡習、壞脾氣，也沒有什麼改不了的貧窮困境。

所以，有個年輕人向富人請教致富的方法，富人說：「我因爲很會偷，所以很快就富有起來了！」年輕人聽了，很高興，回家後，便開始偷別人的東西，能偷就偷，無所不偷；當然，沒多久就被抓了，財產也被沒收了！

後來，年輕人很生氣地找上門，責怪富人！但富人知道後，哈哈大笑說：「我說我很會偷，但我沒叫你去偷別人的東西呀！我是偷自己的時間，去讀書、去吸取別人的智慧；我也偷天時地利、陽光雨露，來勤勞培育我的莊稼；我也偷商場上別人做生意的技巧，來賺更多的錢……但是，我從來沒有偷過別人的東西呀！」

人要成功致富，就必須「改變心中的惡習」，也要「四處偷時間、學習別人的優點與長處」，才能夠讓自己一步步成長、邁向成功啊！所以——

「愚笨的人錯失良機，平庸的人坐等時機；

聰明的人掌握機會，智慧的人創造機會！」

人生不能重新再來，
我一定要「追著紀錄跑」！

拜託，請大聲按我喇叭！

導遊說，印度是「最民主的」，
因為在各個城市，
狗、羊、豬、驢、牛、駱駝、大象，
都可以跟人、車一樣，
大大方方地在街上行走，
沒有人會去驅趕牠們……

印度，對我而言，是個古老、遙遠，又貧窮的國家；對她的印象，大概就是電視電影中，熙熙攘攘、成群乞丐、屋瓦殘破，到處有人伸手要錢，或是德蕾莎修女救濟貧窮人家的景象。

四月一日，是愚人節，我搭上「從台北直飛印度」的首航班機。在整班飛機上，大部分是台灣遊客，當然，也有一些印度人。我呢，懷著又興奮、又緊張的心情，經過八個小時左右的飛行，終於到達「德里機場」。

到達印度，是清晨兩、三點。的確，這個國度是比較貧窮的，從我們所坐的中型遊覽車，就可以看出來——車子的窗帘破破舊舊，有些發霉的味道；冷氣不冷，椅子也不是豪華、舒服的座椅，不過，這些都是在預料之中，沒有什麼好埋怨。

白天，車子經過首都德里的街道，建築、馬路、商家等……都還算不錯；不過，到了郊區，街道、住家、商店，就變得雜亂無章，尤其是許多破舊的車子滿街跑，而且每輛車

▲捷布，這個城市的紅土顏色一致，有「粉紅城市」之稱。

子都隨時「按喇叭」——叭、叭、叭，喇叭聲既大聲、又長、很刺耳，真的好熱鬧、好吵！

再仔細看，一大堆卡車，都裝飾得金光閃閃、金碧輝煌；據導遊說，每輛卡車，都是代表著車主的身份地位，卡車裝飾得愈漂亮，表示車主愈有錢。有時，甚至看到卡車「車頂上」，也都坐滿了外出工作的工人，一點都不怕掉下來。

叭、叭、叭，一路上，真是吵死了，連打個小盹都被吵醒！偶而睜開眼睛一看——咦，前面那輛車子後面漆有英文字耶！斗大的英文字寫著「Horn Please」。什麼意思呢？就是「請按喇叭」！

沒搞錯吧！怎麼會有車子司機要求後面來車儘量「按喇叭」呢？再多看幾輛，沒錯，其他車也寫著「Please Horn」之類的字。這是什麼道理呢？我實在不懂，只好請教導遊。

帥哥導遊笑了笑，用標準國語說：「印度的貨車或大卡車，經常超載貨物，而且貨物堆得很寬、很高，以致於司機無法從後視鏡中看到後方來車；所以，如果你是後方的車輛要經過，就請『儘管按喇叭提醒我』沒關係，只要大聲按喇叭，讓我聽到，我就會閃到一邊，讓你的車輛先行通過！」

嘻，這豈不也是一種「亂中有序」、「鬧中有秩」嗎？

導遊又說，印度的街道和馬路，是「最民主」的，不管是人、車、動物，都可以一起通行，不像一些「號稱民主」的國家，竟然不准動物上街、上馬路，眞是「歧視動物」啊！因此，在印度的各個城市，可以看到狗、羊、豬、驢子、駱駝、大象、牛……跟人和車子一樣，都能大大方方地在街上行走，而且，沒有人會去驅趕牠們；尤其，牛，處處可見的「白牛」，在印度是最神聖的，沒有人會去侵犯牠們。

在這「不殺生」的國度裡，眞是讓人大開眼界！走在路上，有如在「逛動物園」一樣，一下子有人騎著大象經過，一下子又有農人趕著駱駝經過，驢子和牛，也悠哉不動地站在馬路上，車輛則乖乖地繞過牠們再前進……地上也有許多動物的排泄物，眞是「色香味俱全」！

導遊說：「這些都是古城，三百年前就是這樣，都是人和動物一起走，現在還是一樣，都沒有變，所以，這代表三百年來，我們印度『都沒有退步』！」

哈，導遊眞是幽默啊！

◀看到沒？卡車後面漆著「Horn Please」，請按我喇叭吧！

▲印度城市裡的駱駝，也是載運的工具。

▶印度教的神廟，造型與色彩皆十分鮮艷、特殊。

▲印度不殺生，白牛，更是神聖的，街上到處可見！（黃鉦智／攝影）

勵志小站

在美國密西根州有一所小學的閱讀老師貝爾，十五年來一直在鼓勵學生，努力找出「沒有母音的英文字」。貝爾老師甚至說，只要有哪個學生能找出沒有母音的單字，她就給予五十美元的獎賞；因爲，在她的教學經驗中，每個有意義的英文字都會有母音。

然而，最近有個五年級的小學生，利用電腦上的搜尋系統，用心地在牛津字典中，找到了「Pssst」這個單字；眞的，這個字沒有母音，字典中的解釋是「喂」的意思，是作爲引起別人注意的感嘆詞。就這樣，這孩子獲得了老師五十美元的獎賞！

最近也有報載，家住高雄縣的「小芳」，在唸五專時，家境不佳，曾一時愛慕虛榮，每天晚上穿著清涼酷辣裝，到酒店下海陪酒；後來小芳脫離燈紅酒綠的煙花生活，努力向學，考上大學研究所的在職進修班，最後獲得碩士學位。

另有一相貌清秀的女孩阿香，青春期十分叛逆，不顧家人反對，執意休學，當起

「檳榔西施」，甚至四處從事色情交易。然而，在社工人員的安置下，她醒悟了，轉而用功唸書，最後考上國立大學社工系！

人活著，就是要不斷地「突破、進步」、「創造紀錄」啊！而不能說「我這幾年來都沒有退步」哦！相同地，一個社會，如果說「三百年來都沒有退步」，豈是一件榮耀的事？

因此，每個人都要「向別人學習、跟自己比較」——以今日之我，勝過昨日之我；也以明日之我，勝過今日之我——這，不就是生命的意義嗎？

事實上，成功都是「做出來」的，而不是「憑空想像」的！我們只要每天要求自己「多做一些」、「多學一些」、「多下功夫一些」，我們的成績就一定比別人好，我們也就可以做個「追著紀錄跑、不斷創造紀錄」的快樂人！

所以，夢醒時分，酒店辣妹小芳在拿到碩士學位時說：「人生是不能重來的，我不會再淪落煙花世界，那些都是夢，我一定要更努力地去創造我更美好、更眞實的人生美夢！」

做一隻「天天辛勤採蜜、
永不喊累」的小蜜蜂！

「妳不要害他一輩子當乞丐！」

遊覽車又到了一休息站，
許多小孩瞬間又圍攏了過來；
有些靠著窗子和車門，
伸長著手，用渴望的眼神，
巴看著下車的我們，
是不是能施予他們任何東西……

印度的人口多、密度高，有錢的人很有錢，但窮人、乞丐也特別多；因此，每到一個景點，就會有許多窮人圍過來，販賣及兜售土產、手工藝、或明信片等紀念品。這些人當中，有些是大人，也有的是小孩，他們都使出「三寸不爛之舌」和「纏功」，一直說服你購買東西。

但是，也有些比較鄉下的景點，或汽車休息站，每次遊覽車一停車，就有些穿得破破爛爛、髒兮兮的小孩子圍攏過來，向遊客們伸手乞討東西。

對一個窮苦的孩子來說，即使一張紙、一支鉛筆、或一片口香糖，他們都會很高興，小孩子也都搶著要；也因此，有些女團員，心地仁慈、善良，總會從飯店中，把一些小瓶洗髮精、潤絲精、小香皂、浴帽、便條紙、鉛筆之類的小東西，分送給圍攏在身邊的小孩子。

有一天，我們的遊覽車又到了一個城市的休息站，許多小孩、甚至連大人也都圍擠了過來；有些靠著窗子和車門，伸長著手，

用渴望的眼神，巴看著下車的遊客，是不是能施予他們任何東西？女團員見狀，又是生起憐憫的惻隱之心，把從飯店裡「A」來的小香皂、洗髮精、原子筆……等東西，像過年「分紅包」一樣，分送給爭先恐後的孩子們！

此時，只見咱們高高帥帥、鼻樑挺直的印度男導遊，用標準國語大聲斥喝道：

「不要再給了！不要再給了！妳這樣每次都給小孩子東西，妳是在害他，不是在幫助他，妳知不知道？……他們這些小孩，現在都是應該去上學唸書的，可是，他們都不去唸書，都逃學出來伸手要東西！只要他們一伸手要東西，妳就給他，這樣，他們都不唸書、不努力，妳會害他們一輩子都當乞丐，妳知不知道……」

哎喲，嚇我一跳，這印度男導遊，竟然用標準國語來罵我們這群台灣人！

可是，男導遊的這些話，說得有沒有道理呢？

有，有他的道理！**如果，我們一直讓小孩子「有求必應」，或只要伸手，就可以拿到東西，則他們永遠都不去苦心學習、不去靠自己的血汗努力奮鬥、也不思進取地去學習一技之長，則──他們必將貧窮、且無尊嚴地過一輩子呀！**

眞的，人都必須憑著自己的辛苦、流血流汗去爭取自己所想要的；天下事沒有不勞而獲的，也不應該一直伸手、乞討，等著他人的憐恤和施捨呀！

站起來，勇敢地站起來！只要肯付出、肯打拚，豈會無法餬口飯吃？

我們不必做「偉大的勇者」，但我們可以做一隻「天天辛勤採蜜、永不喊累、永不懈怠的小蜜蜂」呀！

勵志小站

曾看過一則故事——有兩個和尚住在不同的小山上，可是，他們都會在同一時間下山，到共同的溪邊去挑水，久而久之，他們就互相認識，成為好朋友。

時間過得很快，一年過去了。有一天，甲和尚到溪邊挑水時，發現乙和尚沒有來，他心想，乙和尚大概是「睡過頭了吧」，就不以為意。第二天，乙和尚還是沒有下山來挑水，甲和尚想，大概乙和尚出門辦事去了。

然而，第三天、一星期、兩星期、一個月，乙和尚都沒有下山來挑水！甲和尚實在忍不住了，怕乙和尚生病了，就爬上鄰村的小山上，探望他的老朋友。當他氣喘如

◀大象，也是運送物資的交通工具。

◀遊覽車一停，就有許多貧窮人伸手乞討。

（黃鉦智／攝影）

▲印度女子的服裝極為鮮艷、搶眼，額頭眉間，也點著代表「幸運與祝福」的紅硃點。　（黃鉦智／攝影）

牛地找到山丘上的廟、看到老友時，他大吃一驚，因爲，乙和尚依然身體健朗地正在廟前廣場打太極拳，一點兒也不像沒水喝、病懨懨的樣子。

甲和尚問道：「你已經一個月沒來挑水了，難道你可以不用喝水嗎？」

此時，乙和尚帶著甲和尚，到廟的後院，指著一口井說：**「這一年來，我每天唸完經、做完課，就會慢慢地挖這口井；雖然有時很累、很忙，但能挖多少，就算多少！上個月，我終於挖出了井水，我就不用再天天辛苦下山挑水了！」**

人，不能一直下山挑水，甚至，人，不能一直伸手向別人討水喝！我們總是要自力更生，爲自己不斷地挖井，直到挖出「一口屬於自己的井」！

如果，我們每天喝的水，都要自己挑，或都要乞求別人施捨，這是多麼可憐、可悲呀！就像印度窮苦的孩子，天天乞求遊客施捨一般，但，這不是辦法呀！

人要變、要進步，但一定要向「自我成長」之處來變、向「辛苦流汗」之途來變，而不能向「不通之處來變」啊！

真的，失意絕不會是一輩子，因為，上帝不會創造出一個「廢人」來。只要積極地發

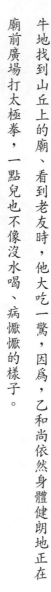

揮天賦和潛力，並努力開挖人生的水井，有一天，必能挖出「一口屬於自己的甘甜水井」，來與他人分享！

◀昔日宮殿，今日成為旅遊景點，鴿群飛舞。

▲「風之宮」的外牆細緻富麗，當年無法外出的妃嬪，就站在透空的窗後，窺視外面的世界。 （黃鉦智／攝影）

雙方的看法「不同」，
並不表示對方「不對」！

哇，你看，那鸚鵡、孔雀好漂亮哦！

人最大的偏見，
就是將別人「不同」的看法，
一概做「不對」的批判！
但，我們的愛，若不能帶來「寬容與自由」，
只帶來更多的「傲慢、偏見和束縛」，
則這種愛，會壓得令人無法呼吸呀！

古老的印度有數百個國王行宮，跟著遊覽車一個一個走，眞的走不完；而且，每個行宮都是寬敞遼闊，處處有陰涼的濃密樹蔭。

正當大夥兒瀏覽著雕樑畫棟的精緻、美麗建築時，我抬頭一看——咦？樹頭怎麼會有那麼漂亮的鳥？身上有黃色、綠色、紅色的多彩羽毛，好漂亮哦！可是，那……那不是「鸚鵡」嗎？天哪，樹梢上有好多美麗的鸚鵡飛來飛去！

在我的印象中，鸚鵡一直是被飼養在「小小的籠子裡」，拙拙地學著人們教牠的幾句「你好嗎？」「Hello!」……等話；可是，在印度，鸚鵡卻是自由自在、無拘無束地，在樹梢上快樂地飛翔！原來，鸚鵡是日行性的飛行鳥類，經常棲息在有水源的開闊林地和農耕地；而且，牠們常以「空樹洞」爲巢，一次產下兩至三顆蛋。不過，鸚鵡雖然美麗，但牠們對植物的破壞力卻很強，也經常對生態環境和農作物造成嚴重的影響。

▲印度的國王行宮，裝飾得美侖美奐，其雕刻更是精雕細琢，燦爛奪目。（黃鉦智／攝影）

當我們的遊覽車經過郊外的農村時，我的眼睛又是為之一亮——咦？那樹林上的大鳥，不是鸚鵡，而是拖著長長尾巴的「孔雀」耶！沒錯，導遊說那的確是孔雀！

可是，孔雀，不都應是被關在動物園「大大的籠子裡」嗎？孔雀開屏，是那麼渾圓、壯觀、豔麗，它們不都是站在地上，向遊客展示牠美麗、驕傲的羽毛嗎？她們怎麼會飛呢？

不過，靜心一想，古代中國人也一定見識過孔雀在樹梢、天空、林間飛躍的美景，不然，怎麼會有漢樂府詩〈孔雀東南飛〉的絕美詩句？

看了會飛、常棲息在樹林或灌木樹叢的孔雀，我才知道——過去，我的視野是那麼侷限，以為鸚鵡和孔雀都應該「關在籠子裡」，而且，以為眼睛所見的就是「真理」！可是，在真實的世界中、在原本的「家鄉」中，鸚鵡和孔雀，都應該是在大自然的樹林中恣意地嬉戲、飛翔的呀！

而且，「藍孔雀」在印度更是「國鳥」，沒有人會去捕捉、獵殺；牠們實行「一夫一妻」制，在印度教和佛教的地區，都被視為「聖鳥」，而受到尊重和保護。

走在印度，我忽然想起以前在美國奧瑞崗大學唸書時，指導教授曾提及，在南印度地區，有些印度人在回答「Yes」的時候，會「搖搖頭」，而在回答「No」的時候，會「點點頭」！嘻，很奇怪是不是？當時，指導教授就詢問班上的一位印度女孩，是不是如此？那印度女孩立即「搖搖頭」地說了一句「Yes」！呵，全班同學看了都哈哈大笑！

如今，我親自走在印度的土地上，也問了導遊這個問題；導遊說：「的確，南印度的某一族群，回答Yes時，是要搖搖頭的！不過，我們北印度人還是點點頭！」

哈，這豈不是「一國兩制」，卻也「相安無事」？

・勵志小站・

有一隻騾子對駱駝說：「駱駝大哥啊，你每次越過小山、沙丘、溪谷，或走在狹窄的小路上，總是昂首挺胸地愉快前進，不會跌倒；可是，我卻經常不小心跌跤，這是爲什麼呢？」

◀印度的城堡和寺廟甚多，而樹上更是可見飛來棲息的鸚鵡，可惜我沒拍著。

▲進入「泰姬瑪哈陵」內參觀，必須脫光鞋襪，才准進入。

▲在飯店內，與穿戴頭巾服飾的歌舞者合影。

▲印度夏天十分炎熱，白天溫度可達47度，甚至50度，所以，半山腰上的清幽皇宮，就成為昔日國王避暑的勝地，其建築，大都以赭紅色的石灰岩為主。（黃鉦智／攝影）

駱駝回答說：「因爲，我的眼睛看得比你高、比你遠、比你清楚；每當我來到一座高山，我都會從山頂上小心翼翼地往四周觀看，看清楚凹凸崎嶇的路、也看清楚前面的方向，所以，我在清晰的視線中，謹愼地踏出每一步，才能避免蹣跚和跌倒。可是，你呢，你的眼睛只看到前面的兩三步，就想跑，當然就會跌倒啊！」

人，要看得高、看得遠、看得清楚，才能穩健地踏出每一步！

可是，有時候，人在還沒看清楚前方時，就想快跑、想一步登天；也有時，總以爲自己懂得很多、很棒、自己的想法都是對的，自己的見解絕對正確無誤……哪裡知道，過去我們所見的，「只是一小部份，而不是全部」；我們所看到的，或許只是小樹叢，但還有一大片廣大茂密、高聳入雲的森林，我們未曾見識過呢！

其實，人最大的傲慢，就是「自以為是」，或用自己的價值標準來做絕對的判斷！人最大的偏見，就是將與自己「不同」的看法，一概做「不對」的批判。

然而，「對」與「不對」，都是根據我們過去有限的經驗來做「推論和判斷」；殊不知，有時候看法「不同」，不一定是表示對方「不對」！男女之間、親子之間、人際之間，最嚴重的傷害，不就是硬把對方的「不同」，說成是對方的「不對」，以致造成極大的衝突？

因此，鸚鵡是可以高飛的、孔雀是可以在樹林中飛躍的；當有人一直搖頭說「Yes」時，我們也不能說他「不對」，而只是「不同」而已！畢竟，我們的經驗和做法，不一定就是「標準答案」啊！

所以，我們的愛，若不能帶來「寬容與自由」，而只是帶來更多的「傲慢、偏見和束縛」，則這樣的愛，會壓得令人無法呼吸呀！

「溫柔的引導，使人心悅誠服！」

那隻生氣、一直甩口水的大象

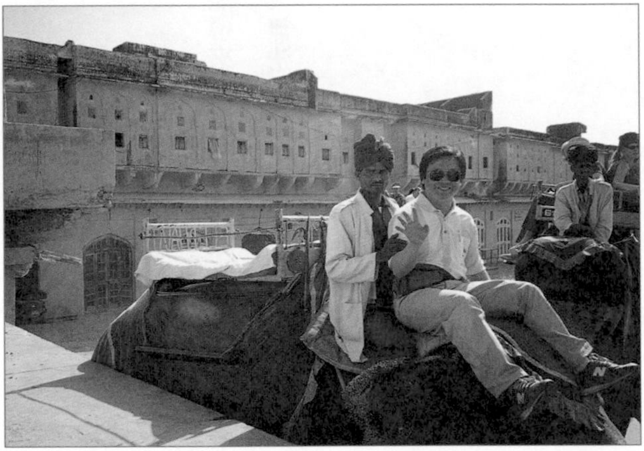

當大象不聽話、不肯乖乖載人時，
象伕就會用「鈍的」那一頭鐵棍捶打牠；
但假如大象發起飆來，或失控抓狂，
象伕就會用「尖銳的」那一頭鐵器，
狠狠用力地戳刺牠厚厚的象皮，
讓牠流血、疼痛，而乖乖就範……

讓戴晨志老師喜怒哀樂的作品，陪伴您一起歡笑、成長。

寄回本卡，您將可獲得戴老師的最新出版訊息。

◎編號：CL0101　書名：**我心環遊世界**

姓名：＿＿＿＿＿＿＿＿

生日：＿＿年＿＿月＿＿日　性別：□男　□女

學歷：□1.小學　□2.國中　□3.高中　□4.大專　□5.研究所（含以上）

職業：□1.學生　□2.公務（含軍警）　□3.家管　□4.服務　□5.金融

□6.製造　□7.資訊　□8.大眾傳播　□9.自由業　□10.退休

□11.其他＿＿＿＿＿＿

地址：□□□＿＿＿＿＿＿＿＿

E-Mail：＿＿＿＿＿＿＿＿

電話：（O）　　（H）　　（手機）

您是在何處購得本書：

□1.書店　□2.郵購　□3.網路　□4.書展　□5.贈閱　□6.其他

您是從何處得知本書訊息：

□1.書店　□2.報紙廣告　□3.報紙專欄　□4.網路資訊　□5.雜誌廣告

□6.電視節目　□7. 廣播節目　□8.DM廣告傳單　□9.親友介紹

□10.書評　□11.其他＿＿＿＿＿＿

請寫下閱讀本書的心得、建議或想對戴老師說的話：

在印度，有許多「昔日的皇宮、今日的廢墟」。而這些昔日的皇宮，大都建在山坡上，一來，氣溫比較涼爽，以供國王避暑；二來，地形居高臨下，以防敵人來襲。

如今，往昔壯麗的皇宮都已經人去樓空，只剩下破舊的建築空殼；不過，「皇宮之旅」也變成觀光客瀏覽聚集的景點。

然而，在夏天，要遊客徒步上山、入皇宮，又累又熱，所以，「大象」就成爲旅客上山的奇特交通工具。象伕在大象的背上放置墊子，可供四名遊客坐騎；而這些大象，每天都必須先徒步走約兩個小時的路來「上班」，走到山下的遊客聚集點，再載著遊客，一步步地爬上山巔。

說眞的，每天在炎炎夏日中來回地走，十分辛苦，也因此，有些較不馴服的象隻，就會發脾氣、或是停步不前；此時，騎坐在象頭的象伕，就會拿著「一根鐵

▲載送旅客上山的大象群。

棍」，一頭是鈍的，一頭卻是尖的，來控制大象的行動。當大象不聽話、不肯乖乖載客人走路時，象伕就會用「鈍的」那一頭鐵棍捶打牠；但假如大象發起飆來、或失控抓狂，象伕就會用「尖銳的」那一頭鐵器，狠狠用力地戳刺進牠厚厚的象皮，讓牠流血、疼痛，而乖乖就範，才不致傷及客人。

那天，走在我們前面的大象，突然停在原地、不走了，可能是天氣太熱了，也可能走了太多趟、太累了，那隻大象變得很厭煩、憤怒，一直「左右搖晃身子」，也重重地「踱著腳步」，讓坐在背上的遊客很驚駭、難受。象伕見狀，立刻就用鐵棍擊打大象的頭；可是，大象被打，愈是氣憤，甚至甩著鼻子，噴出許多口水。唉喲，還好，我沒那麼倒楣、沒坐到那隻抓狂的大象！

只見坐在那隻大象背上的遊客，被大象的口水噴得髒兮兮的，生氣極了，指著牠破口大罵：「真是笨象、爛象……」而象伕也一直用鐵棍擊打著象頭！然而，氣憤不馴的大象，依然故意搖晃走路、或原地踱步。

這時，一遊客突然大聲說：「不要再打牠、不要再罵牠了！天氣這麼熱，牠載大家走這麼陡的山路，也很辛苦，就讓牠慢慢走好了！」

這一喊，大家才停止責難，象伕也不再擊打大象。

說也奇怪，沒多久，這大象竟然緩緩地走起路來，也不再搖晃身子；牠變得乖乖、平順地繼續前進了。

事後，我好奇地詢問那名「叫大家不要責打大象」的遊客：「那頭大象聽得懂你說的話啊？」

「牠當然聽得懂啊！你是在稱讚牠、或是痛罵牠，口氣態度都不一樣，牠當然聽得出來啊！」

是呀，不管是人，還是動物，即使聽不懂對方的語言內容，但從對方說話的口氣和態度，又怎麼分辨不出是「讚美、嘲諷、或是責難」呢？

所以，「強勢的責罵，是一種攻擊！」

「溫柔的引導，使人心悅誠服！」

（黃鉦智／攝影）

◀「安珀堡」位於山之巔，氣派雄偉，高聳的城牆一波波，遊客大都騎乘大象上山。

▲▶昔日皇宮內的柱子極為別緻，亦可居高臨下，有些內宮，裝飾得更是富麗堂皇。（黃鉦智／攝影）

▲「安珀堡」的防禦城牆，綿延不絕，足足長達27公里。

‧勵志小站‧

有一位剛考上大學的男生，在父母和市議員的陪同下，出面召開記者會，指控他在唸國中時，一位廖姓老師公然打他兩個耳光，讓他身心受創至深，也流了鼻血。五年來，校方和老師都沒有一句道歉，令他難以釋懷！

這男生說，他後來轉校，也考上大學，但他站出來，是希望老師公開向他道歉，不要一再遮掩自己錯誤的行爲。

當然，老師打學生似乎不太應該，可是，換個角度想，這有什麼好計較的呢？許多孩子，包括我，小時候不也被老師痛打、責罵？**生命何其短暫，我們為何要拿「別人的錯誤」來懲罰自己？我們為何要揹負著「別人的過失」來走自己的人生路？這豈不是像「揹著馬桶」走路，愈走愈重、心裡愈痛苦？**

忘了吧，忘了那些不愉快吧！

「記恨」，只會讓自己的日子更難過、更憤怒、更不悅！

我在想，假如那些辛苦載人的大象，也一直記恨於象伕經常擊打牠，那牠的日子該怎麼過呀？大象，也必須忘記牠的主人氣憤地責難、捶打，甚至戳刺呀！因為，自己繼續勇敢往前走，才是重要的呀，何必一直陷入「記恨他人」的情緒中，來懲罰自己？

當然，老師、父母也都可以學習——「打罵，不是唯一的辦法；溫柔的導引，才能使人心悅誠服！」

而一位好老師，就應極力防止自己的壞習性、壞脾氣、壞榜樣及於學生；相同地，學生也可以用「更尊敬的態度」，來對待老師啊！

第三輯 孤獨北韓、亦有新天地！

我們都是幸福的人，
都應「活出亮麗的自己」！

在北韓，看不見一個胖子！

那一夜，突來一陣大雨，雷電交加，
使整個飯店驟然停電了！
我，獨自一人，在房間內，
看不見五指，也看不見我自己。
此生中，我第一次感覺到——
「漆黑一片、完全看不見」的恐怖！

懷著一顆忐忑的心，到達北韓首都平壤；當飛機還在跑道上滑行時，我眼所見，是空曠的一片，看不見一兩架飛機，也看不見像其他國家機場一樣的熱絡景象。可以這麼說——那個大半天或幾小時，大概只有我們這架台灣來的「華信直飛包機」抵達而已！靜悄悄地，整個機場，靜肅得有些令人害怕。

不過，上了遊覽車，心情比較輕鬆些。車上有兩位導遊，一位是男士，約六十歲，另一位則是漂亮的小姐，二十歲左右，兩人都講標準華語。在北韓，導遊和其他工作、職務一樣，都是由國家遴選分發的，導遊拿的薪水，也是國家發給的，因爲，北韓是目前世界上，少數僅存的社會主義國家。

然而，導遊說，他們都稱自己是「北朝鮮」，而不是「北韓」，因爲「朝鮮」才是他們眞正的國名。

車子經過平壤市區，只見道路極爲乾淨、整潔、安靜，跟又髒又亂的「印度」，簡直有天壤之別。民眾除了搭乘地鐵、電車、公車之外，就是「騎腳踏車」或「徒步、走路」！在那兒，沒有私家轎車、摩托車，老百姓所能搭乘的，就只有大眾交通工具而已，票價一律爲「一角」。

▲妙香山唯一的大飯店，造型獨樹一格，空氣極為新鮮。

▲平壤市的清晨，一切似尚在睡夢中，有靜靜的大同江流淌過。

▲「萬壽台大紀念碑」以金日成主席銅像為主題，高23公尺，70噸重，背景鑲嵌的壁畫，是革命聖山「白頭山」，每天都有無數北韓民衆前往瞻仰。

◀「主體思想塔」是象徵金日成主席的思想永恆不滅而建立的石塔，於1982年完成。

▼「創黨紀念塔」位於大同江畔，70公尺的圓弧形基座，象徵著農民、工人、領袖、大衆團結一心。

在北韓，看不見一個胖子，因爲只要體重超重，就要每天運動、走路，豈可「身上囤積肥肉」？而且，「偉大領袖金日成」與「親愛的領導人金正日」都說，走路有益身心健康，大家要多走路，每天走上一萬步，身體自然健康！所以，「胖子不能坐車」，要多走路、消除肥肉！在北韓，胖子是沒有資格坐車的！

在車上，導遊交代，車子行進間，不能隨便拿相機對車窗外照相；當然，能坐在遊覽車裡的遊客，都是外來的觀光客，而若非允許，觀光客幾乎是不能擅離觀光路線、任意拍照的。

新鮮的是，平壤市沒有什麼紅綠燈，十字路口中央，都是穿「白藍制服」的年輕女警，極權威地指揮四方來車；所有車子也都井然有序，看不見什麼車禍。

在北韓，旅客會驚訝地發現，每個人的胸前，都掛著「金日成主席」的肖像徽章；因爲，金主席是他們建國最偉大的國父，曾在韓戰中，帶領全民打敗「醜陋的帝國主義」——美國，所以，全國民眾至今都仍對他愛戴、感念不已！

我問導遊：「你有沒有出過國？」「哪有機會、哪有錢出國？」「可以打電話到國外嗎？」「可以啊，但只有在大飯店有人工撥接的國際電話。」「你打過嗎？」「唉呀，別問了！怎麼打？哪有錢打？打給誰啊？」導遊回答說。

住進大飯店，燈光都是昏暗的，因為，在「備戰狀態」，電力能源必須節省，所以飯店走廊都少有開燈，或是只有一小盞昏暗的小燈。而電視，只有「一個頻道」，全國百姓只能收看一個類似「軍中莒光日」的節目，別無選擇！節目內容，都是軍歌教唱、進行曲，當然也有感人的戲劇演出。

記得第二夜，住進妙香山中的一家大飯店；整個山谷，就只有這幢外型漂亮、獨一無二的飯店。在那兒，有清澈河流、有翠綠山嵐，空氣眞是新鮮！可是，夜晚十點多，突來一陣大雷雨，雷電交加，使整個飯店驟然停電了！

一停電，許多旅客開始大叫，也有人在走廊上大聲埋怨，怎麼沒有自動發電設備？怎麼還不趕快修好？……我，獨自一人，在房間內，看不見五指，也看不見我自己。眞的，此生中，我第一次感覺到「漆黑一片、完全看不見」的恐怖！

我摸黑走到窗邊，打開窗帘，窗外的山峰樹林，也是黑暗一片；我只好像個瞎子一般，小心翼翼地摸黑到廁所，隨便對著馬桶的方位，撒泡尿……唉，看不見啦，我

■首都平壤市的地下鐵，為了避免遭受戰爭破壞，挖掘深入地下100公尺；但，其月台的設計卻十分古典、優雅，而且造型各有不同。

不管啦，管他尿有沒有尿進馬桶？好啦，我上床了！沒電，就沒電，有啥好埋怨的？人家一輩子都沒出過國，而我，可以周遊列國、遊山玩水，只是停電而已，還要埋怨、嚷嚷什麼？在黑暗中、躺在看不見自己的床舖上，我靜心、安心地享受那一夜的「黑暗與孤寂」；在一片漆黑中，我沒有一絲害怕，只是靜靜地，回味著自己一路走來的甜美和幸福……

勵志小站

有一家飯店門口張貼一張公告：「凡在本店用餐者，其費用可由後代支付。」哇，這麼棒呀！一顧客見狀，興奮不已，立刻進入飯店大吃一頓。當這客人吃得大飽要離去時，服務生就走過來要求結帳。客人不高興地說：「公告上不是寫著，用餐可以由後代支付嗎？」

服務生客氣地回答：「是啊，沒錯呀！可是，昨天你父親才來這裡吃過……」

哈，天下哪有白吃的午餐？哪有「天上掉下來的禮物」？自己所需的食糧，是要自己用心、用力去賺取的呀！因此，我們都得「珍惜現有的一切」，並且，還要更加努力地去發揮自己的才能啊！

「惜福」，是大家常講的一句話，可是，我自己的感受並不深刻；但，在走過埃及、印度、北韓之後，眞的發現，自己是十分幸運的；在台灣，有看不完的電視頻道，有霓虹燈不停地閃爍、有自己開的進口轎車、有隨時可以旅行的自由……眞的，比起其他地方，我們居住的台灣，眞是美地、福居呀！

報載，雲南山區有許多窮苦的孩子，沒錢唸書。其中，有一對姐妹，在收到新學期繳費通知書的那天晚上，全家沉默地坐在柴火堆旁邊，沒人說話，因爲，明天就要開學了，沒錢註冊，怎麼辦？

極度操勞、乾瘦的爸爸，拿出身上僅有的三百元，低著頭，淡淡地說：「你們自己選擇吧！」這三百元，是爸爸天天揹著玉米，來回走二十里路趕集，再空著肚子走回家所賺來的，也是全家僅有的存款。

此時，唸初二的姐姐，想把唸書的機會讓給妹妹，於是將自己的繳費通知書，冷不防地丟進柴火堆裡！妹妹一看，立刻冒著被火舌燙傷的危險，趕緊把手伸進火焰裡，將姐姐的通知書搶救了回來——「姐，還是讓妳去唸書吧！」

那一夜，姐妹沒有擁抱，只是默默地，用袖子，輕擦著眼角的淚水。

這一幕，深深地感動我，讓我潸然淚下！唉，我們這一代，眞是「身在福中不知福」呀！而正不停地在雲南山區濟助貧窮孩子上學的「培志教育基金會」，更令人感到由衷的敬佩呀！

眞的，我們都是幸福的人，我們都應該更努力地「活出亮麗的自己」！

積極投入，就有希望；
堅定信念，就能成功！

令人嘆爲觀止的「阿里郎」表演！

一進入體育館，看到「萬人鑽動」，
每個人都像小螞蟻一樣；
在十五萬人之中，一個人，是多麼渺小！
我們坐在貴賓席上，
面向著對面密密麻麻的人群，
進行變化多端、目不暇給的字幕、圖案表演……

北韓爲了慶祝「偉大領袖金日成主席九十歲冥誕」，除了在兩個月內，開放台灣包機直飛平壤之外，每天晚上也舉辦超級「阿里郎」的藝術表演。

或許我們會懷疑，「阿里郎」有什麼好看的？我原本也搞不清楚，不過，當我看到綾羅島的「五一體育館」時，就被它科技化、充滿未來城市感的龐大建築所吸引。您知道嗎，這個世界上第二大的體育館，可以容納十五萬名觀眾，一起欣賞由十萬人組成的舞蹈、體操、雜技、歌唱……等等藝術表演。

一進入體育館，看到「萬人鑽動」，每個人都像小螞蟻一樣；在十五萬人之中，一個人，是多麼渺小！我們坐在貴賓席上，面向著對面密密麻麻的人群，手舉著各種顏色的牌板，進行變化多端、目不暇給的字幕、圖案表演！「啪——啪——啪——」只見那看台上，一下子是金日成的畫像、一下子是長白山的雪景、一下子是萬馬奔騰、一下子又是可愛孩子的笑顏、一下子又是旭日東昇的萬丈光芒……天啦，那訓練有素、整齊劃一的動作，真是教人十分震懾、驚訝！

▲充滿高科技、現代感的「五一體育館」，可以容納十五萬名觀衆，一起欣賞表演。

在台灣，我看過許多運動會的字幕表演，但，都太小兒科了；阿里郎的「超級字幕、圖案表演」，由近兩萬人組成，動作整齊劃一，再配合現場民族舞蹈、萬人體操、軍人歌舞、五層疊羅漢、甚至美麗的煙火……還有，突然間，有摩托車和空中飛人，在高空中出現，也在凌空的鋼索中，奔馳而過，令人驚訝不已！而且，光只有表演還不夠，還必須加上能震撼十餘萬人的「超級音響、燈光效果」，才能教人高聲讚嘆——哇，太棒了、太神奇了、太不可思議了！這，眞是嘆爲觀止的偉大藝術表演啊！

我一邊呆看著這些表演，一邊思索著：「這十萬人是如何聚集、如何訓練的？」在長達兩個月之中，除了週六、週日之外，他們天天都不能請假、不能翹班去約會、也不能偷懶待在家裡；只要一聲令下，十萬人立即聚集，大家著好服裝、拿好道具，各司其職、分工合作，甚至分秒不差地「準時開始、準時結束」，哇，眞是太令人驚奇、太有效率了！

其實，在社會主義的制度下，一切以國家爲主，命令一下，全民動員、全民皆兵、全民敬愛領袖，是不足爲奇的！但是，我發現到，在「阿里郎」中演出的每個人，臉上所顯露的笑容、自信、和驕傲，在在告訴觀眾——

雖然天天表演很累、很辛苦，但，也是「無上的光榮、無比的自豪」！因為，除了外賓之外，北韓各地的民眾，也都每天分批搭車前來觀賞，一起紀念他們敬愛的金日成主席；而他們犧牲個人的時間，辛勤排練、揮汗演出，換來的，卻是一生「無比的快樂和榮耀」呀！

真的，只要「真心投入、用心走過」，都是甜美的回憶，也都值得一生留戀！

或許有人會嘲笑說：「什麼十萬人阿里郎表演？那還不是極權國家、政治儀式大拜拜、窮兵黷武……」**可是，如果能夠全民一心、團結一致，齊心完成不可能的任務、也完成偉大的藝術演出，那——是無怨無悔、是美麗人生！**

因為，那美好的仗、美好的路，他們都已勇敢經歷過、也勇敢賣力地走過！

‧勵志小站‧

筆名「杏林子」的知名作家劉俠，與病魔纏鬥近五十年；她在六十歲生日時自嘲

■開演前，看台上陸續坐進「表演字幕」的人群，看台上方，還有計時器，倒數計時，八點三十分一到，節目分秒不差地準時開始，絕無延誤！而「五層真人疊羅漢」，更是教人拍手叫好！

■「阿里郎」的表演，為期兩個月，是為了紀念「金日成主席九十歲冥誕」而舉行；其氣勢之盛大，節目之多樣化，令人嘆為觀止。正面看台上的字幕、圖案，皆由學生操作、變化！

地說，她覺得很慚愧，因爲她活到現在都很沒有用，覺得自己好像是一件「資源回收物」一樣，全身上下通通壞掉了，卻還在使用。

劉俠的朋友幫她算過，她每天要吃三、四十顆藥，一生已吃下超過七十萬顆藥！儘管疲憊纏身，無法走路，但劉俠並沒有一絲氣餒或埋怨，反而更積極地投入「殘障福利運動」，也創辦了「伊甸社會福利基金會」，爲殘障同胞謀取最大福利。

而在六十歲大壽時，劉俠有沒有什麼願望呢？劉俠笑一笑，擺出俏皮的模樣說：「我希望我自己活得更好、活得更長壽，最好能活到九十歲。九十歲就好，我不想佔地球太久的時間。」

如今，劉俠已無法用手寫書，但她仍在「佳音電台」主持廣播節目，與聽友互動，也開闢生命的另一片天空。

真的，只要「真心投入、用心走過」，都是人生中的美好回憶！即使身體殘障，無法行走，但，一個「抱持樂觀、用心付出、克服困境、達成目標」的人，都是「心靈的千萬富翁」呀！

因此，「積極投入」，就是天才，就有希望！

「堅定信念」，就是強者，就能成功！

我經常看著北韓「五一體育館」由十萬人共同演出的那些照片，眞的是「整齊劃一、同心協力、氣勢如虹」；除了眞心讚嘆之外，也只有佩服！

其實，一個人最快樂的事，莫過於「完成一件不可能的夢想」！有時，當我們在批評北韓的極權、不民主、或貧窮之時，我卻被他們「團結一心、積極打拚、全力投入」的凝聚力所感動！所以，我告訴自己——我們的生命都要認真地「重輸指令」，讓自己有更多的「自發性動力」，來完成更多「不可能的任務」！

「心寬忘地窄、心寬路更廣！」

那天，我站在肅殺氣氛的板門店

遊覽車漸漸地接近板門店，心裡有點緊張，
因為，印象中，南北韓在板門店的駐軍，
偶有挑釁或衝突事件，
也有北韓人，剪破圍籬企圖逃亡，
或有北韓間諜挖掘地下通道，
企圖滲透南韓……

從小，就知道，以前的台灣和韓國，都是被日本佔領、殖民的國家。後來，韓戰爆發，美軍戰敗，經過調停談判，最後以「北緯三十八度線」爲界，畫分爲「北韓」和「南韓」兩個國家；而「板門店」，就是南北韓分界的中間據點，至今仍有美軍駐守。

那天，我們搭著遊覽車，前往板門店。說眞的，心裡眞的有點緊張，因爲，印象中，那裡就是充滿肅殺氣氛的軍事重地。有時從媒體上得知，南北韓駐軍，偶有挑釁或衝突事件，甚至，也有北韓人剪破圍籬企圖逃亡，或有北韓間諜挖掘地下通道，企圖滲透南韓……

遊覽車經過重重的警衛，沿途還有許多我們看不懂的韓文標語，感覺就像到了「戰地金門」；大家坐在車上，看著荷槍實彈的軍人，不敢多說話。到了前哨站，先行登記，再驅車進入最前線的板門店。

板門店，並沒有什麼店，只見南

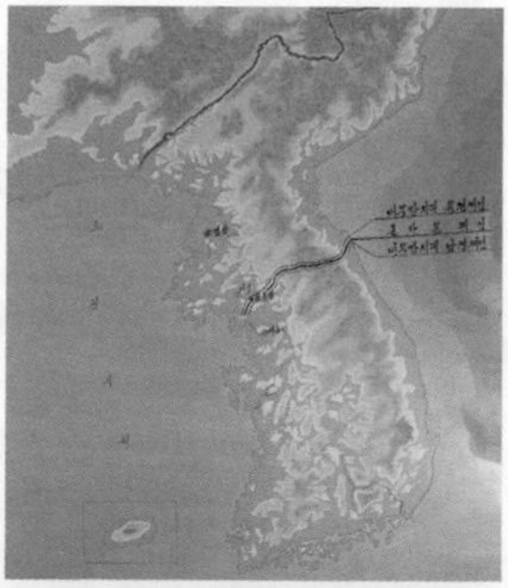

▶上圖為南北韓分割線──北緯三十八度的地圖；下圖為「板門店」最前線，南北韓駐軍房舍示意圖。

北韓雙方，各自蓋了一棟大樓，中間則有五、六棟藍色矮屋、平房。這些平房，就是北緯三十八度線的「自由區」，遊客可以一腳跨在南韓、一腳跨在北韓；然而，出了藍色矮屋，就是南、北韓「互相仇視」、「誓不兩立」、「對峙數十年」的敵對國家。而美軍，則駐守在其中，不准南、北韓的軍人，有挑釁或越線的行爲！

先前，我們也參觀了「停戰談判會場」，以及「停戰協定簽約儀式會場」。目前，在北韓政府的維護下，這些會場還保持得十分完好，遊客們也都爭相坐在談判、或簽署停戰協定的桌椅前，拍照留念。

站在板門店北韓的大樓上，隔著三十八度線戍守的士兵，可以望見南韓那邊，也有一棟現代化的大樓；那天，剛好是世界杯足球賽在南韓舉行的期間，所以美國足球代表隊球員，也來到了板門店參觀。我們看著「對面南韓」，心裡有點怕怕；而他們看著「北韓這邊」的我們，大概感覺「更可怕」！可是，我們也是「好人」呀，沒什麼好怕的！而他們南韓，也都是「好人」，應該也沒啥好怕的！

然而，士兵的步槍、機關槍、層層的鐵絲網、圍籬，把原來都是好人的雙方，強制地隔離起來；原來，都是手足、也都是同文同種、同語言的老百姓，卻因著政治因

素，而形成敵對、仇恨、血海深仇的狀態。

當然，隨著環境的改變，南北韓已經開始接觸、交流；畢竟永遠對峙、仇視下去，對雙方都是不利的！

前不久，我看到《商業周刊》發行人金惟純先生，寫了一篇文章，提到某一天他在餐廳裡巧遇聲寶集團董事長陳盛沺先生；由於許久未見，金先生很自然反應地走過去，和他熱絡地握手寒暄、致意；可是，當金先生回座時，才猛然想起——「咦？我和陳盛沺，不是還有一個纏訟多年的官司還在打、還在非常上訴之中嗎？」想來眞好笑，金先生忘了剛才走過去和對方握手的人，竟是「控告他、還在打官司的人」！

不過，飯吃到一半，陳盛沺先生走了過來，向金惟純說，以前的恩怨已事過境遷了，他已不再生氣，也不再計較，兩人未了的官司，他願意無條件和解！

哇，這眞是出乎意料之外呀！金惟純說，幾分鐘前，他忘了和陳董事長的官司未了之事，而主動驅前向他握手致意，未料，竟換來他如此善意的回應，眞是太意想不到了！假如，幾分鐘前他沒有「遺忘」，看見陳盛沺時，還一直記得他是控告自己的仇人，而冷眼相視、或怒目相向，則兩人的關係，一定會愈來愈惡化！

是的，遺忘吧！再多的恩怨情仇，只要「心念」輕輕一轉，「化惡因為善念」，就會有「善緣」接踵而來；只要放下身段、彼此寬容、遺忘仇恨，過去的敵人，可能就會變成好朋友！

▲「停戰協定大廳」，保留著當年曾使用的停戰協定簽字桌、椅子和旗幟。

▲距離「非軍事區」北方不遠處，有這一座「停戰談判會場」，裡面保存著北韓和美方首席代表所使用的談判桌椅和擺設。

◀▲參觀當天，剛好有美國足球隊，到南韓參加世界杯足球賽，也前來板門店一遊，與我們遙遙相對。

▼這裡是北緯三十八度線「非軍事區」，中間有藍色平房隔開，並有美軍駐守。

‧勵志小站‧

雷根，是美國歷任總統中最長壽的一位，但他早已罹患「老人失智症」，目前住在加州，過著深居簡出的日子。在雷根九十一歲大壽之前，夫人南茜曾在《時代週刊》中寫了一篇心情感言：「……**我們會為他過生日，討論如何過生日，但在生日背後，並不會再有『快樂』兩個字！**」

而雷根的兒子麥可也在接受電視訪問時說，雷根越睡越晚，但也越來越無法起床四處走動；他說：「**對我父親來說，日子一天天變短，世界一天天變小。**」

天下事，一切都會逐漸過去。曾經擔任兩任美國總統的雷根，「日子一天天變短，世界一天天變小」，過去許多的恩恩怨怨，也都將化無。人，**真的需要學會「遺忘」，遺忘那些加諸在我們身上的痛苦，遺忘那些過去的敵對與仇恨！**所以，鄭板橋在做官時，弟弟爲了蓋屋與鄰居爭地，就寫信給鄭板橋，希望能爲他打贏官司；但鄭板橋回信說：「**千里捎書只為牆，讓他三尺又何妨；萬里長城今猶在，不見當年秦始皇。**」鄰居知悉後很感動，雙方各自退讓三尺，而成了六尺巷。

有人說：「心寬忘地窄！」的確，只要心胸開闊、心情寬敞，就會忘記身處狹窄之地呀！而且，「心寬路更廣」，前面的道路，會更平坦、更明亮呀！

其實，「轉念」兩個字很簡單，但要做到，卻很難。

我一直希望學習轉念，讓負面的思緒不要延續太久，也就是避免心中的挫折感「全面化、長久化」！因爲，只要悲觀、生氣、挫敗、憤怒……的情緒佔據我們的心田太久，我們整個人就無法理性思考、做事。因此，「遺忘」和「轉念」，眞的很不容易學習呀！

然而，明天的我們會如何，完全取決於我們今天選擇如何地活！所以——「姿態低一點、嘴巴甜一點、肚量大一點、目標高一點、工作勤一點、心情 high 一點……」則，我們的日子都會「好過好幾點」！

保持現狀，就是落伍；
躊躇不前，就是退步！

你的書桌，能調整「高度、斜度」嗎？

在一六六一年時，
鄭成功曾親自寫了一幅對聯，
掛於屋內堂前，
天天來惕勵自己——
「愛惜精神，留此身擔當宇宙；
蹉跎歲月，將何以答報君親。」

「人民大學習堂」，是平壤市的一幢重要建築，它類似咱們的「中央圖書館」，是提供民眾學習、借閱書籍、閱讀的地方。這幢學習堂，是由十座大樓組成的建築，座落在金日成廣場的一旁，它一共舖有七十五萬片青瓦；這幢朝鮮式的「青色屋頂」，外型雄偉清幽，有如展翅飛騰的群雁。

像似「中央圖書館」的地方，有何好介紹的呢？圖書館好像都大同小異嘛！可是，當我進入了圖書室，**我發現他們的閱讀書桌並非都是同一高度的，而是使用人可以依照自己的高矮，來旋轉調整「桌面高度」！而且，如果桌面一律是水平，有時不一定適合眼睛閱讀，所以，使用人還可以再依照各人需要，來旋轉調整桌面的「傾斜度」，讓閱讀者有更舒適的看書角度。**

哇，這眞是體貼的「人性化設計」呀！咱們台灣的學校或圖書館，哪有這種溫馨的設計？當然，市面上有些孩子的書桌，是可以調高調低的，但也十分昂貴呀！

我問導遊：「怎麼會有這麼好的設計？」

▲北韓各大建築內，常有金日成主席雕像。

「這是以前偉大的領袖金日成主席來參觀時，看到民眾高矮不同，怎麼可以都使用同一高度的書桌？所以，他就叫圖書館要體貼民眾，要設計出可以調整高度、傾斜度的書桌，來供民眾使用。」導遊說。

眞的，只要上級長官「有心、用心、善解人意」，就能爲民眾提供更舒適、更貼心的閱讀環境與服務呀！

走在偌大的「人民大學習堂」，看著十五個閱覽室、十四個講授教室，藏書量也多達「三千萬冊」，哇，眞是不容易啊！

在圖書館借閱櫃檯前，導遊說，這裡借書十分方便，只要從電腦上查到書籍代號，並告訴圖書館員，則所要的書籍，在十～二十秒之內，就會立刻由「快速軌道」上，輸送出來。

啊？有這種事？眞的，全部團員沒有一個人相信！在台灣圖書館借書，要自己到密密麻麻的書庫裡自己找、自己拿；就算我在美國大學唸書時，也依然是要花好多時間自己查、上樓找，怎麼可能十多秒的時間，書籍就會自己跑出來？

是的，大家都不相信！而我，就從電腦上隨機抽樣找到兩三本書的代號，交給借書員！沒想到，真的，只有十多秒的時間，那些書籍立刻掉躺入一個「鐵盒」裡，並透過軌道傳輸，馬上像「玩具軌道車」一樣，快速地輸送到我們眼前！

天啦，怎麼會有這種事？正當全部團員看得目瞪口呆、大聲鼓掌之時，我的心，眞有無限感觸——「我們的政府官員們哪，如果你們可以不再以偏狹的意識型態相互鬥爭，而多用心在孩子們的桌面設計、購買圖書、或改進藏書的硬體設備，則我們的幼苗和下一代，才會有幸福可言呀！」

勵志小站

法國政府的考核單位，在一項報告中指出，世界知名的羅浮宮管理不善，員工幾乎每兩天休一天，使得重要的展覽被迫關閉；更離譜的是，值夜班的安全人員，翹班嚴重，一年竟然有百分之七十四的日子未值勤，以致館內的電腦、音效設施經常被竊，而且，有許多還是員工監守自盜！

▲只要告訴館員書籍的電腦代號，書籍會立刻掉進「鐵盒」內（箭頭處），而透過輸送軌道，快速傳送出來。

◀「人民大學習堂」內的閱讀桌椅，可隨著使用人的身高或需要，做「高度、斜度」的調整。

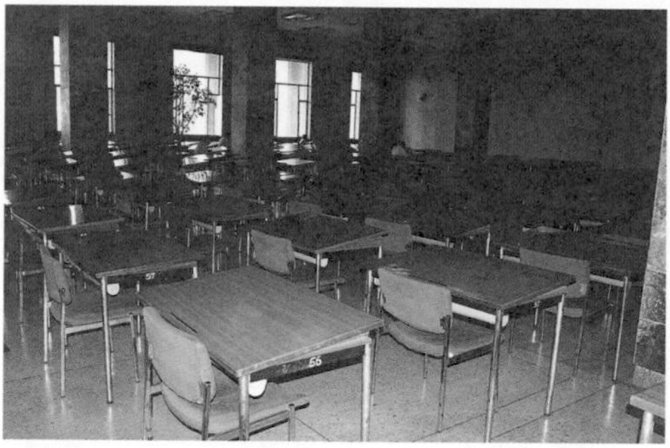

▼「人民大學習堂」外觀，由朝鮮式青瓦屋頂蓋成，雄偉清雅，於1982年4月落成啓用。

▼「祖國解放戰爭勝利塔」內的紀念雕像。

▼「人民大學習堂」前廣場的藝術雕像。

其實，一個人必須「用心」，讓自己的生命，有源源不絕的「活水」流出！在工作上，也必須尊敬自己的職務，認眞、用心地做好它，努力表現，而不是得過且過、敷衍了事啊！

所以，「保持現狀，就是落伍；躊躇不前，就是退步！」就像科學家愛因斯坦，工作極為專注、認真，他連去世的前一天，都還在繼續做研究，希望完成「統一場論」，因為，他在這領域的研究，已持續奮鬥了三十年。

因此，用心地突破自己、用心地體貼別人、用心地關照部屬、用心地培育國家幼苗……只要用心，就可以讓一切更加美好。所以，一六六一年，鄭成功曾經自己寫了一幅對聯掛於堂前，天天來惕勵自己——

「愛惜精神，留此身擔當宇宙；
蹉跎歲月，將何以答報君親。」

有一位在蘇格蘭的老太太艾里恩・荷默，今年已經八十二歲了，但她每天要花上五個小時的時間搭公車，前往一百二十英里遠的格拉斯哥蘇格蘭大學上學，而成爲世界上年紀最大的在校大學生。

荷默老太太親身經歷過第二次世界大戰，所以唸歷史課事半功倍，根本不用死記硬背，因爲事情就像是發生在眼前一般。荷默老太太說，她在拿到歷史學大學文憑後，還打算繼續攻讀碩士學位。

真的，美好的源頭是「用心、努力與堅持」！

而且，「困境藏機會」；許多機會，都是藏匿在困境之中啊！一生中，只要用心地為自己的理想打拚，絕對會有「機會的活水」源源而來！

中獎由不得我，立志由得我！

我要「改變命運、脫離貧窮」！

我坐在平壤的「雜技館」中，
看著高空中的「空中飛人」表演，
是俊男、是俏女；是結實、也是美艷！
他們每個人都在半空中，不停地盪來飛去，
各個技藝精湛，沒有人失手，
也沒有人失足掉落……

在北韓，很少看到「近視眼」，幾乎沒有什麼人戴眼鏡。導遊說，「北朝鮮是個山好、水好、空氣好的地方」，沒有重工業、也沒有河川或空氣的污染！而且，北朝鮮沒有「愛滋病患」，一個也沒有，這對全世界都有色情或愛滋病的國家來說，眞有「出淤泥而不染」的可貴！

北韓的義務教育是十一年，從六歲開始，唸一年幼稚園、四年小學、六年中學，而後，有百分之二十至三十的中學生，能考入大學就讀。而從小到大的唸書期間，食宿、讀書「完全免費」，一切由國家支付；大學生在畢業後，由國家統一分配工作。像我們漂亮的導遊小姐，就是唸國際導遊學校中文系畢業的。

在參觀「少年宮」時，看到許多天眞、可愛的孩子，前往訓練自己的特殊專長——有人勤練游泳、跳水；有人苦練鋼琴、古箏、手風琴、舞蹈、合唱；也有人在老師的指導下，專注地學習刺繡、美術、電腦……。在這座巨大、壯觀、寬

▲「少年宮」內，正在勤學手風琴的孩子們。

闊的少年宮之中，有無數個「小組活動室」；也有「劇場、體育館、游泳池」……每天下午三點，就有一萬兩千多名特殊資優的少年，前往那兒參加課外活動。

記憶中，北韓是個「貧窮、封閉、缺乏資源、鬧飢荒」的國家。的確，走出道路整潔、高樓林立的平壤市，就可以看到郊區的農村，眞是貧窮，鄉間老百姓沒腳踏車、機車，幾乎全都是用走的；人民公社、農舍，也都是老舊屋瓦。在農村中，我看到「紅旗」矗立於水田或菜園之中，即問導遊：「紅旗代表什麼意思？」導遊說，那是代表農人「每天的工作量」——每天在收工之前，大家必須一起完成農作耕種或收成的進度標幟。

在實施共產制度的地方，農舍裡的老百姓，要一起工作、一起將農作收成交給上級；雖然他們不愁吃、住，孩子唸書不用錢、看病也不用錢，但，他們沒有「私有財產」，一切都是屬於公家的，連各旅遊景點的小攤販，也是「國營」的。

「那他們怎麼出人頭地、怎麼脫離貧窮呢？」我問導遊。

「努力讀書吧！或是讓自己有特殊的專長！」導遊笑笑地說，就像少年宮裡的孩子，爲什麼每天會有一萬多個孩子擠向少年宮？不管游泳、跳水、體操、跆拳、桌球，或彈鋼琴、練古箏、勤舞藝、習唱腔……因為，每個孩子都知道，除非自己有**「特殊專長、一技之長」，否則他們就會在貧窮的農莊裡，當一輩子的窮人！**

然而，只要擁有傲人才藝和傑出表現，就能「改變命運、脫離貧窮」！

那天，我坐在平壤的「雜技館」中，看著令人嘆爲觀止的「空中飛人」表演——是俊男、是俏女；是結實、也是美艷！他們每個人都在半空中不停地盪來飛去，各個技藝精湛，沒有人失手，也沒有人失足掉落……

坐在觀眾席上，我一生中第一次看到如此真實、精彩的空中飛人表演——那空中飛人在半空中，翻轉、再翻轉，三圈、四圈、五圈、六圈……天哪，現場所有觀眾的心，都凝住了，也都屏住呼吸——哇，抓住了、抓住了，他們結結實實的臂膀，牢牢地抓住了在空中快速飛轉的同伴！

此時，觀眾的瘋狂掌聲，久久不息，而我的心，更是悸動不已！

是的，人的生命，飛躍的生命，要自己選擇、要自己翻轉！

為了「脫離貧窮、改變命運」，大家都要天天苦練、勇於突破；即使曾經流血流

■「萬景台學生少年宮」內，有科學、藝術、體育等各種小組活動室，也有劇場、體育館、游泳池等設備；每天下午，有一萬兩千名學生到少年宮來，參加課外活動和才藝訓練。

▲▶「平壤雜技館」內，正在表演「空中飛人」和雜耍技藝。

■不管是「勤練跳水」或「埋首作畫」，人都得學得超人一等的技藝，才能出人頭地，而不致於一輩子，只在貧窮鄉間，勞苦地插秧、種田。

汗、皮痛骨斷，也都必須咬緊牙關，讓自己挺立於榮耀的舞台之中，也享受令人歡喜、雀躍的生命掌聲！

•勵志小站•

美國廣播公司報導，世界最大資料庫軟體製造商「甲骨文」，其執行長艾利森，在二〇〇一年中，個人賺了七億六百萬美元（約台幣二百四十七億一千萬元）；假若以每週工作四十小時來計算，他平均每小時進帳就多達三十四萬美元（約台幣一千一百九十萬元）。

天啦，一小時賺一千多萬元，眞是不可思議！當然，別人有獨特的天份、努力和創意，能賺進令人驚嚇的天價，我們只有羨慕的份。不過，我們仍可兢兢業業，做好本份該做的工作，並加以「突破、創新」呀！

其實，現代人想要成功，不一定是要「Work hard」（努力工作），而是要「Work smart」（聰明地工作）；因爲，若只是不知變通地拚老命工作，不一定能成功，而且，「一分耕耘」也不一定有「一分收穫」呀！所以，選擇什麼工作、怎麼做好人際關係、如何透過團隊合作來達成任務……都會影響成功的機率。也因此，管理學大師**彼得·杜拉克說：「正確的判斷，比努力更重要！」**

不過，人總是要立志「鍛鍊自我、超越自我」，讓自己是「金子」，可以發光；讓自己是「鑽石」，可以發亮；讓自己是「魔鏡」，可以照射出美麗多彩、繽紛炫麗的人生！

統計學專家曾說，樂透彩券中獎的機率是五百二十四萬分之一，而被雷打到的機率是四十萬分之一，所以買彩券中頭獎的機率，比被雷打到的機率還低；它的機率就像是一隻猴子在電腦上，正確地打出「莎士比亞」的名字一樣困難。

所以，買樂透，「中獎由不得我」，但，有願景、有目標，「立志由得我」！

人只要肯立志、肯起步、肯堅持，凡事都不會嫌太遲！所以，不管是早或晚，只要挖到金礦，就能成爲「巨富」。**在我們人生的目標中，「是戰」、「非戰」，都要由自己來決定；而你我，也都要努力地開挖出自己的「人生金礦」呀！**

第四輯

遼闊美國、馳騁又逍遙！

「給自己留退路，也給他人留空間。」

我被帥哥警察攔了下來……

這位帥哥警察要求查看我的證件，
我拿了國際駕照給他看；
他看了看說：
「下交流道不能立刻U-Turn迴轉，
你這是違規行為……」
我當然知道，可是，我路不熟，又緊張啊！

只要會開車，在台灣申請「國際駕照」，則到美國任何一機場，租一輛車，穿越大山大水、遨遊四海，眞是一件令人暢快的事。

可是，儘管馳騁在遼闊山川之間很愉快，但進入大城市的市區後，心情就開始緊張起來；因爲，車子愈來愈多，街道狀況不熟，搞不清楚街名，或哪些是單行道……眞的，很緊張，壓力很大。

一次，我獨自開車前往波特蘭。其實，波特蘭並不像紐約或洛杉磯那麼大，可是，畢業十年，我已好久沒獨自在美國開車了；而且，又一下子找不到回奧瑞崗大學的路，啊，完蛋了，方向錯了！怎麼搞的，才錯過一個右轉，就被逼得開上快速道，而且，距離我原來預定的方向愈來愈遠。

唉，算了，就走吧，繼續開，等下個交流道再迴轉回來！於是，我繼續開了三、四分鐘，哇，太好了，可以下交流道了；才一下交流道，我有點心急，看車輛不多，也沒有警察，就立即 U-Turn 迴轉回快速道！那時，我眞是鬆了一口氣，終於走回原來的方向了。

可是，我還沒高興幾秒鐘，立刻從後視鏡中看到一輛警車、閃著警燈，快速跟了

▼在紐約、洛杉磯、舊金山、波特蘭等大城市開車，真是很緊張，壓力很大。下圖是紐約市區的高樓大廈，是十五年前，我站在「世貿大樓」所拍（上圖），如今，世貿大樓已因「九一一事件」而消失。

▲即使是夏天，奧瑞崗州高山上仍有許多殘雪。

▲聖地牙哥「海洋世界」的海豚表演，極受觀光客喜愛。

上來。在美國，只要有警車閃著警燈跟在後面，就表示你違規了，必須馬上靠邊停車！

天哪，剛才明明是沒有警車的，怎麼突然間冒出了一輛警車？眞是完蛋了！我把車子靠路邊停，一個帥帥、白白的警察走了過來；我眞是緊張，隨即說：「Sorry, I lost my way! I'm going back to Eugene, but I can't find the right way……」

這帥哥警察要求查看我的證件，我拿了國際駕照給他看；他看了看說：「下交流道不能立刻 U-Turn 迴轉，你這是違規行爲……」我當然知道，可是我沒辦法啊，在大城市開車，路況不熟、又緊張！

後來這警察叫我坐著、不要動，他回去警車上開寫罰單。唉，算了，開罰單，拿 Ticket 就認了，我又能怎麼辯解呢？人在國外，自己違規，又能怪誰？

大概三分鐘，這壯碩的警察走了回來，他拿給我一張單子，很客氣地對我說：「這是一張 warning ticket（警告單），並不是一張眞正的罰款單，不會罰你的錢；這張單子只是警告你、提醒你開車要小心，不要再違規了！……好吧，你可以繼續往前開了，我會在後面護送你的車進入快車道！Have a nice trip!（祝你旅途愉快！）」

天哪，我眞是太感動了，波特蘭的帥哥警察竟然這麼好，沒臭臉惡語相向、也沒開我罰單，而且還如此良善、窩心相待！我的心，突然像放下一顆大石頭，好快樂哦！我將車子從路邊開上慢車道，後面車流很大，只見警車閃著警燈，跟在後面護送著我，直到我快速駛入快車道、逐漸離去……

謝謝您，帥哥警察，您讓我看到人性光明、善良的一面——不對一個「無心犯錯的人」咄咄地加以懲罰！

的確，一個人犯了無心之過，又有悔意，我們又何必一定要施以教鞭或懲罰？仁慈地網開一面、放他一馬，並溫和地開導，將使人終身感激不盡呀！

‧勵志小站‧

中國大陸有許多城市，都很有特色，很值得一遊，所以大陸有個順口溜說：

「到了東北，才知道自己膽子太小；

到了北京，才知道自己的官太小；

到了四川，才知道自己結婚太早；

到了深圳，才知道自己的錢太少；

到了海南島，才知道自己身體不好！」

而且，也有一句話說：「廣大上青天。」這是什麼意思呢？就是表示中國的五大港口：「廣州、大連、上海、青島、天津。」嗯，眞的是很好唸，也很好記；更重要的是，它可以有另外的意涵——「心胸廣大，就可以直上青天啊！」

我喜歡一句話：「給自己留退路、給他人留空間。」

人與人之間的相處，有時「理很直、氣也很壯」，可是雙方言詞犀利、硬來硬去，關係一定會搞得很僵！但是，如果自己沒有減少損失，又可以「給別人一個空間、給他人一個方便、給對方一個溫暖」，則雙方的關係一定會更融洽！

所以，長輩常說：「做人要外圓內方！」外圓，是指與他人的相處要「圓融、和氣」，也多替別人著想——「給人方便、給人歡喜」。

而內方，則是內心要有原則，剛正不阿，而且，嚴以律己、寬以待人！

在藝專唸書時，我曾在英文考試時偷瞄別人答案，被老師逮到，而被「死當」；然而，仁慈的老師「放我一馬」，讓我補考，最後六十分及格，而免於被重修的命運。而在我當了老師之後，也有學生考試作弊，被我發現，我也秉持老師「仁慈、網開一面」的原則，只給孩子私下口頭警告、補寫論文報告，而未給孩子記過，讓他有自新的機會；最後，這孩子爭氣地考上托福，出國唸研究所！

「愛和寬恕」，可以創造奇蹟！

「咄咄的嚴懲」，是重重的打擊和毀滅，它，必會招來怨恨與對立！

▲美國西岸鄉間美麗的「花海世界」，一眼望去，真是令人賞心悅目！

在工作壓力中，
人要「自找快樂，自尋歡愉！」

那黑人警告我：「你要小心哦……」

「樂觀主義」是成長的最大動力！
人就是要學習「樂觀」，
也要在生活與工作中，
學習「幽默說話」，而使人聽後歡喜！
所以，「歡喜」最美、「心善」最美、「笑容」最美！
自己笑了，全世界也會跟著一起笑了！

開著租來的車子，奔馳在美國遼闊的大地，眞是快活舒暢；不管是加州的洛杉磯，或舊金山的漁人碼頭、唐人街、金門大橋、柏克萊大學、史丹佛大學，或順著一〇一號公路北上，往最美麗的海岸線公路，經過森林國家公園，看到不知幾千萬株「高聳入雲的紅木大樹」，眞是令人讚嘆穹蒼的偉大！

一路上，有森林、有湖泊、也有清澈見底的蜿蜒溪流，啊，眞是太美了！只見一艘艘隨波而下的泛舟，點綴在藍天白雲、翠綠山谷，與潺潺溪流之中，眞像一幅人間仙境的圖畫呀！

「咦？我的車子好像沒氣耶？」在汽車休息區，我發覺車子的胎壓好像不太對，輪胎的氣少了點。嗯，開車還是以安全爲主，於是，我將車開到加油站，那兒有自助式的免費充氣設備。我自己充呀充，輪胎變得十分飽足；可是，輪胎的氣會不會太飽、太多了？氣太多，好像也不對，高速時可能會爆胎耶！

後來，我鼓起勇氣，請教一位開著車來加油的美國人；他看我有點無助，就立刻下車，幫我測量胎壓，並說：「你把輪胎的氣灌得太飽了，氣太多，是非常危險的！」於是，這美國人親自幫我洩掉四個輪胎的氣，直到適量爲止。而他的太太和兩個可愛

▶ 波特蘭市郊區著名的瀑布景點。

▼加州柏克萊大學校園內，矗立著一座高聳的尖塔，觀光客遠遠地就可以看見，是該校的地標。

◀加州北部的國家森林公園，到處都是翠綠的紅木大樹，直入雲霄。

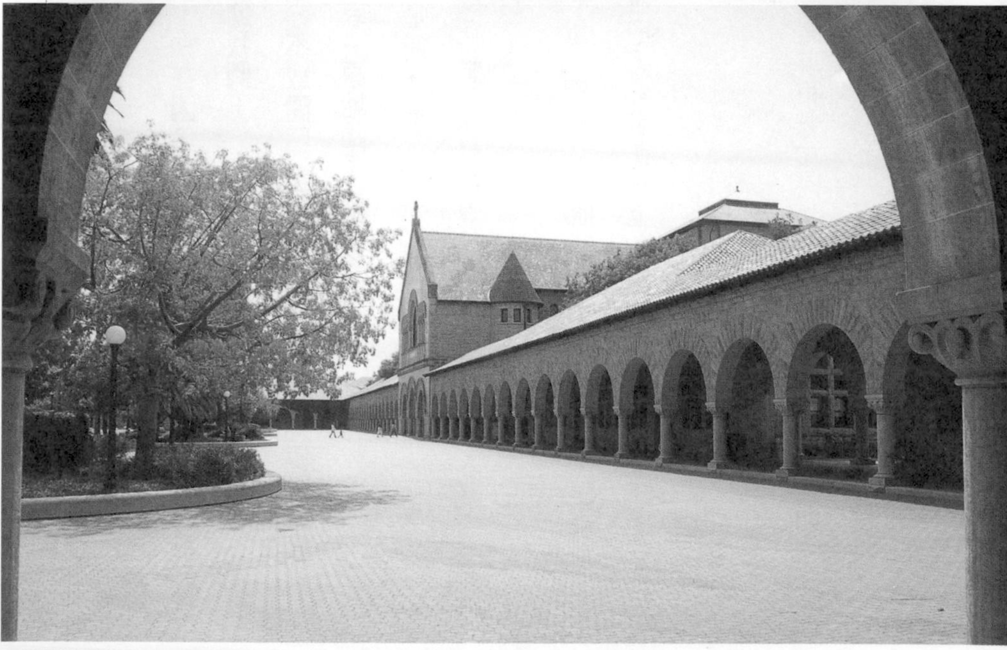

▲加州舊金山的史丹福大學，有極為別緻的拱形柱走廊和教堂，輕風徐來，涼爽無比。

的小女兒，還在車上不斷地和我揮手、微笑，一直說：「哈囉！」在美國唸書、旅**遊，我真的發現，「只要開口，就有機會！」在困境中，「只要敢開口、只要肯發問、只要壯膽請教別人」，別人就一定會幫助我們！**

人，常常限綁自己，也常不好意思問、不敢開口；可是，人「不好意思」的心態，會讓自己「自我侷限」、「躊躇不前」或「原地踏步」呀！

當我充好輪胎氣，走入附近的購物中心時，看見一些七十多歲的老先生、老太太，在入口處笑咪咪地擔任接待的工作，或在服務處幫忙處理「退貨」事宜，或笑嘻嘻地導引客戶走出購物中心……

在這個小鎮，到了六、七十多歲的老先生、老太太，他們都不服老，也不願窩在家裡乾耗時間，而勇敢地走入工作職場，並把笑容掛在臉上，天天服務人群！哇，我眞是感動啊！

也記得十年前，我還在美國唸書時，曾開車和一女同學到加州玩，在經過金門大橋收費站時，車輛總是大排長龍；我相信，收費員要收一整天的過橋費，一定很疲累、很厭煩！不過，當我經過收費亭時，那位黑人收費員，探頭看了看我旁邊的女同學，然後用很認眞、很嚴肅的表情跟我說：「You should be careful……」（你要小心）我一聽，很緊張地問他：「What?」

這黑人收費員依然嚴肅地說：「you should be careful, because your wife is very beautiful!」（你要小心，因爲你太太長得很漂亮！）當他一說完，我和他彼此相視、一起哈哈大笑！

至今，我仍清楚記得，那黑人收費員「快樂大笑的臉龐」，和他兩排「雪白的牙齒」！眞的，幽默是快樂的泉源！

在無聊的工作和壓力中，人，必須學習「改變心情」，並聰明地「自找快樂、自尋歡愉」呀！

・勵志小站・

最近大陸流行一則手機短訊，名爲「中國四大工程」——「給太陽安上開關，給黃河裝上欄杆，給飛機配上倒檔，給長城貼上磁磚。」哇，這眞是有創意啊！這也一定是那些「幽默高手」所創造出來的「現代七言絕句」！

眞的，有時生活是苦悶的，但，人還是要尋找開心、散佈喜樂給他人呀！所以，有個媽媽以責備的口吻對兒子說：「小強，你作業還沒寫，就又在看電視啦！」兒子回答說：「我又沒有在看電視！」「還說沒有？那你在幹什麼？」「我啊……我正在核對報紙上的電視節目表，看它有沒有印錯啊？」

另有一小學生，在用「如果」造句時，寫道：「如果哥倫布有個太太，就不可能發現新大陸！」

老師問：「何以見得？」學生從容地回答：「如果哥倫布有個太太，她一定會問說：『你要去哪裡？要跟誰去？去幹什麼？什麼時候回來？……』我媽都是這樣子的啊！」

哈，幽默，就是要和別人分享快樂，也讓嚴肅、緊繃的生活，帶來輕鬆、愉悅的笑顏！而幽默和快樂，總是因著「分享」，而倍增其效果！所以，只要快樂地笑、笑、笑，我們的一天，則就一定會更美妙，而且，我們四周的人，也必能感染到這幽默、歡愉的美妙！

星雲大師說：「**說話，要讓人聽後歡喜；做事，要讓人知後認同。**」而美國國務卿鮑爾將軍也在《我的美國之旅》一書中說：「**樂觀主義是成長的最大動力！**」的確，人就是要學習「樂觀」，也要在生活與工作中，學習「幽默說話」，而使人聽後歡喜！

所以，「**歡喜**」最美、「**心善**」最美、「**笑容**」最美！

自己笑了，全世界也會跟著一起笑了！

▲奧瑞崗州海岸邊的佛羅倫斯小鎮，有著名的「海獅」(Sea Lion)群居棲息地。

「凡事做好預警，莫待兵臨城下！」

那個城市，是天堂，也是地獄！

（Open雜誌提供）

它愈來愈明亮、愈炫麗，
整個天空，竟被照映成如此光亮、耀眼！
其實，它的距離還很遙遠，
可是，它似乎就像是「天堂」一樣，
炫亮得令人吃驚、訝異！

沒有人去過天堂，也沒有人去過地獄；但，人都想去天堂，不想去地獄。

那天，天色早已經黑了，但一路上都是曠野、沙漠，四周一片漆黑，不見人影，只見長長的一條「無盡的公路」。

逐漸地，黑暗天邊的那一端，竟慢慢浮亮了起來，而且是愈來愈亮！

「志，那是什麼地方？」我太太問道。「大概是天堂吧！」眞的，它愈來愈明亮、愈炫麗，整個天空，竟被映照成如此光亮、耀眼！其實，它的距離還很遙遠，可是，它似乎就像是天堂一樣，炫亮得令人吃驚、訝異！

是的，賭城，拉斯維加斯到了！這是我第二次造訪。以前第一次我獨自開車來時，也是在黑夜，遠遠地看，炫麗的天空，讓我眞的覺得，好像是天堂快到了！

當我慢慢開車進賭城時，心裡有點緊張，因爲已經是晚上十點半了，可是一路上卻還是車水馬龍、人潮洶湧；車子擠在一起，到處「叭！叭！叭！叭！」車聲、喇叭聲、人群的笑鬧聲、喧嘩聲，雜成一氣，車子也只能緩緩地依序前進，緊張的心情和壓力，幾乎讓我喘不過氣來！

▼開車前往拉斯維加斯賭城，必須經過又乾又熱的曠野、沙漠，一路上，少見人車蹤影。

▲一坐上賭桌，口袋的錢可能會輸得精光哦！（Open雜誌提供）

▶入夜後，拉斯維加斯變成燈紅酒綠、霓虹燈閃爍、金碧輝煌、令人目不暇給的不夜城。（法新社提供）

「志，慢慢開，沒關係！」我太太坐在旁邊，給我打氣。眞的，若獨自一人在此喧鬧、五光十色、龍蛇雜處的地方開車，心理壓力一定更大。

一路上，看到每個酒店、賭場，都是燈紅酒綠，佈置得金碧輝煌；有「美麗宮殿」、有「埃及豔后」、有「火山爆發」、有「高山瀑布」、有「熊熊烈火」、有「海盜船艦」……眞是教人目不暇給！哇，這家好漂亮！哇，那家更超炫！哇噻，那家更超棒……一路走來，家家都展現創意，令人覺得驚奇、讚嘆！

我們找好旅館，再徒步走看一家家的賭場，天哪，已經半夜十二點了，卻燈火通明，耀眼非凡！「歌舞秀」正火辣辣地上演著，也有白老虎的「特技秀」，以及令人著迷的「魔術秀」……當然，更多的人，坐在吃角子老虎的機器前、或牌桌上，下賭押注，期盼幸運之神能儘早降臨，讓自己能大撈一把！

此時，我想起了「遠離賭城」的電影——男主角尼可拉斯凱吉是個失意的編劇，被老闆開除了；他獨自一人跑到賭城來買醉，想醉死在這到處金光閃耀、令人迷惑、紙醉金迷的城市。這裡，的確是一個「脫離現實」，也很容易讓人「失去理智」的地方；因爲，它，一切都是那麼炫麗，四處霓虹燈閃爍，就像是天堂一般；可是，它又是那麼「虛假」，不像人間、不像你我居住的城市。

「志，我們逛逛就好了，我們不要賭了！」

是啊，我是不想賭啊！幹嘛花錢、當凱子亂賭？賭，一定是輸的呀！吃角子老虎，一定會把我的錢吃掉；牌桌上的老千，也一定會把我口袋裡的錢掏盡！有誰能從賭場中賺一大把而離開？賭場，就是利用人性的弱點，用五光十色的外觀裝飾，或火辣的歌舞表演秀，來吸引遊人的目光，讓他們不知不覺地走進去，把錢掏光，再走出來！可是，我們可以只看、只觀賞，而不下注、不下賭呀！

報上曾登載，某大牌明星、主持人，一到賭場，就當起大爺盡情揮霍，幾千萬元一下子就賭光了！可是，人要懂得自制、自持，不能陷入糜爛之境而不自拔呀！

深夜，一點半了，人潮、車輛，依然鬧哄哄，四周似乎還在「咚、咚、咚……」鑼聲、鼓聲、喇叭聲，聲聲撼動心裡，好刺激，但也好不適應！

走吧，回旅館睡覺吧！這，不是屬於我們的地方。

早上，累得十點才起床，吃完早餐，上路了。

◀居高臨下，整個拉斯維加斯賭城車水馬龍、人潮如織、亮麗耀眼。（法新社提供）

咦？怎麼這個城市變了？變得靜悄悄、沒有聲音了？

是的，天亮了，霓虹燈熄滅了、高聳的火炬不見了、美麗宮殿也不再了，高山瀑布、潺潺流水也不流了！人群，早已散去，喧鬧的情景，已經消失無蹤！

啊，怪哉，當我再繞「賭城」一周時，發現它，只是個沙漠中「很不起眼的小鎮」，甚至，它變成一個靜靜的「空城」！可是，當黑夜來臨時，它卻立刻變成一個令人著迷、讓人瘋狂的地方！它，是「天堂」，也是「地獄」呀！

因為，它的亮麗、光亮、耀眼、迷人，很像「天堂」；但，它使人沉迷、墮落、糜爛，若一賭輸，傾家蕩產，則就很像「地獄」，不是嗎？

勵志小站

報載，有人發明了一項新的計算公式：

「就業＋景氣＝身材發胖」（employment + prosperity = body inflation）

哈！的確，在有一份好的工作，以及「景氣好、紅利高、心情爽」的情況下，人的身材就會逐漸發胖！可是，在景氣不好、工作不佳時，人就得縮衣節食、省吃儉用，自然就會變得苗條、消瘦一些。

最近，媒體報導說，日本政府爲了解決太多失業問題，正推出一項奇特的臨時就業計畫，就是要失業的人士，到樹林裡撿拾鹿糞、抓蝸牛，或砍樹……因爲，日本去年「破產人數」已創下歷年來新高，許多過去當大老闆的人，現在卻傾家蕩產、負債累累，也有人爲債自殺、離家跑路！

錢，是生活的必需。如果能善用金錢、花用得宜，必能安然度日；反之，濫用金錢、揮金如土，則必有災禍降臨。所以，「凡事做好預警，莫待兵臨城下！」眞的，做事、花錢，總得量入爲出、及早因應，絕不能花天酒地、醉夢自己，搞到最後負債一身、破產潦倒！

所以，要賭嗎？絕不能賭！燈紅酒綠看看就算了，絕不能讓自己陷入其中而不能自拔！因為，花大錢、賭運氣，不如「讀書投資自己」呀！

有一個八十多歲、駝著背的老禪師，在大太陽下曬香菇，住持和尚看了，不忍心地說：「長老啊，您年紀這麼大了，何必再做這種吃力勞苦的事？我可以請人來爲您代勞啊！」

老禪師毫不思索地說：「別人又不是我！」住持和尚再說：「話是沒錯啦，可是您要工作，也不必挑這種大太陽天呀？」此時，老禪師立即說道：「大太陽天不曬香菇，難道要等陰天或下雨天再來曬嗎？」

人，在什麼時候為自己「曬香菇」呢？人在何時為自己進修、充電、加持呢？其實，天天都是好日子呀！「現在不曬，要待何時？」只要開始行動——「不怕慢、只怕站」，那麼，「閉門即是深山、讀書時時是淨土」啊！

有人「一生磨一鏡」，
有人「十年磨一劍」！

要看最有名的噴泉，就要「耐心等候」！

「老忠實」之所以負有盛名，
是因為，它極為友善地和人們成為好朋友，
它沒有破壞力，而且非常「誠信」；
人們只要耐心等待，
它一定會「依照約定」，
準時噴出又高又壯觀的泉水來！

走過兩次美國黃石公園，都一直覺得它實在很漂亮、好壯觀；它，面積之大，讓人走幾天幾夜，都玩不完！而且，黃石公園中，有噴泉、有峽谷、有森林、有草原，也有各種大小動物……景色美不勝收！

其中，「老忠實噴泉」是黃石公園中，極負盛名的景點和地標。記得，念高中時，英文課本就曾經介紹過這遠近馳名的噴泉。

那天，我和內人一起開車到了黃石公園，一睹「老忠實噴泉」的眞面目。其實，黃石公園中有無數的噴泉，有的是不停地在泥漿裡「冒泡」，有的則是像沖天炮一樣，一柱擎天地將熱溫泉往上沖！哇，噴得好高、好挺、好聳立哦！可是，它，是不是「老忠實」？不，它還不是最有名的「老忠實」！

車子開到了「老忠實」的景點，發現已經有許多遊客坐在看台上了。可是，看什麼呢？什麼也沒有啊！一路上，那麼壯觀的噴泉，不都是很好看嗎？怎麼，大家都呆坐在這裡？什麼也沒看到嘛！

▲黃石公園內磅礡壯觀的峽谷、瀑布，綿延不斷！

不，別著急，要看最有名的噴泉，就必須「耐心地等」！眞的，要「等待」，才能看到奇景！人，愈來愈多了，大家的眼神，都是那麼「渴望、期盼」，耐心地等候噴泉奇景。哇，噴了，開始要噴了！地洞裡，開始冒出了水泡；慢慢地，水，愈來愈多，開始聚集力量，往上噴出了一些泉水，觀眾席上，遊客也忍不住開始鼓掌！

地熱泉水，愈噴愈高，彷彿聽到了遊客的熱烈掌聲，就興致高昂、愈噴愈起勁！水柱繼續往上噴，大約有一層樓高，水花四濺；接著，哇，水柱愈來愈高了，幾乎噴到了二、三層樓高了！遠遠地，實在搞不清楚水柱到底噴了多高？只感覺，這噴泉眞像是個「超級水舞表演」，從小水花，愈噴愈大、愈噴愈高、愈壯觀，直到極盛挺拔，最後，終漸衰弱、變小，又趨近平靜。

可是，我太太說，她有點失望，因爲，有些不是「老忠實」的噴泉，噴出來的高度好像比老忠實還高、還雄偉呀！的確，看看四周此起彼落的噴泉，眞的也極爲壯觀，水柱的高度、強度也可能超過老忠實！不過，它們卻沒有「老忠實」來得有名，爲什麼呢？

因為，「老忠實」縱使不是噴泉水柱最雄偉、最壯觀的一個，但，它卻很準時、

很規律，只要你「耐心等候」，在一定的時間之內，它一定會噴出泉水來！我們可以說，老忠實噴泉，是「一定可以被相信的」，它，絕不會讓你失望！

在大自然之中，地震是無法預測的。而颱風，雖可預測，但它卻變化多端，也無法讓人掌控。而火山爆發，有時來得很突然，造成極大傷害！眞的，大自然的威力和破壞，常是人們所無法預知或控制的！

然而，「老忠實」之所以負有盛名，是因爲，它極爲友善地和人們成爲好朋友，它沒有破壞力，而且非常「誠信」；人們只要耐心等待，它一定「依照約定」，準時噴出又高又壯觀的泉水來！

在心理學中，「忠實」和「誠信」常是人們最喜歡的人格特質，所以很多女孩子在找伴侶時，常說：「我希望我將來的老公，不一定要很有錢（雖然好像有點假），但我希望他對我很忠誠、很誠實……」

真的，「忠實」、「誠信」的美德，在我們現代人之中，都已經很不容易找到了，卻在一個「地熱噴泉」中找到，它，不是很可貴、很不簡單、很不可思議嗎？

■「老忠實噴泉」從小水柱開始，愈噴愈高，愈來愈挺拔壯觀，就像個「超級水舞表演」！

▼美加邊界，洛磯山脈冰河公園一景。

▲黃石公園內景觀極為特殊的鐘乳岩石台。

▶黃石公園內，四處可見翠綠森林，以及有如萬馬奔騰的河流、瀑布群。

勵志小站

在市場中，商品必須講究「品牌」、「特色」，才能受到消費者青睞；而人，也是要講求自己的「獨特性」、「專業性」，才能受到他人的重視！

荷蘭生物學家列文虎克，出身於貧窮家庭，沒受過什麼正規教育，只在一個小鎮，替鎮公所做看門的工作。但，大概工作太閒，他時常以打磨鏡片，做爲自己的消遣。有人恥笑他「眞是沒出息」，可是他總是一笑置之，繼續專注地磨製他的鏡片；久而久之，他磨鏡片的技術日益精湛，也超越了其他專業技師。

一六七五年的某一天，列文虎克拿著兩片透鏡來看東西，咦，怎麼看到的東西大了好多倍？哇，太神奇了！於是，他慢慢摸索，而製造出「世界上第一台顯微鏡」。

後來，列文虎克又在地上舀起一些雨水，放在簡陋的顯微鏡下觀察——「天哪，瑪莉妳快來看，雨水裡有許多小動物哩！」列文虎克大聲叫女兒過來看：「妳看，雨水裡，有好多好多的小動物都在游動……」

哇，原來雨水裡有人們前所未見的「小人國——微生物世界」！不僅雨水裡有，地上有、桌上有、衣服有、皮膚有，連牙縫裡也有。所以，列文虎克曾驚訝地說：「在人的口腔牙垢裡生活的小動物，比整個荷蘭王國的居民還要多！」

從此，列文虎克名聲大噪，登上了科學殿堂，也成爲顯微鏡的發明人，和微生物學的始祖。後來，荷蘭女皇也專程來小鎮拜訪他，更有許多慕名的人，前來請教他「成功的祕訣」是什麼？列文虎克則伸出自己的雙手——一雙磨了五、六十年鏡片，長滿老繭和裂紋的手，說道：「秘訣就在這裡！」

後來，列文虎克老了，活了九十多歲，但他說：「一個人要想成就一項事業，必須花掉畢生的時間！」

的確，有人「一生磨一鏡」，有人「十年磨一劍」；但，他們的共同點，是他們始終都專注在自己的工作崗位上，做出「品牌、特色」，也創造出自己的「獨特性、專業性」，才能成為「成功的自己」呀！

有失敗的勇氣，就一定有成功的希望！

在森林大火中，輕盈逃命的小動物

在失業時，我們不失意；
在失意時，我們不失志！
因為，有時我們雖有挫折，
但「不是輸了」，只是「沒有贏」而已！
我們「絕不讓成功模糊我們的視野」，
也「絕不讓失敗頓挫我們的信心」！

美國，眞是一個玩不透的國家，因爲她眞的是太大了，有數不完的城市和景點。例如，西雅圖，電影中說她是「夜未眠」，充滿著詩意；她，曾經被選爲全美國最適合居住的城市，有森林、有高山、有湖泊、有海洋、有古蹟，也有現代化的建設……

而鹽湖城，則是最近冬季奧運舉辦的城市，我曾經兩次造訪。冬天時，冰天雪地、冷得要命；但夏天時，卻也是熱得要死！她，最著名的就是「摩門教總部」——很漂亮的大教堂！記得我第一次獨自駕車到達鹽湖城時，是星期天，地上全部結冰，我冷得直打哆嗦，用快跑地跑到大教堂，看看摩門教徒聚會的情形。

天哪，那麼大的教堂，裡面擠滿了人；其中，詩班的陣容更是龐大，就像是在國家音樂廳裡的演唱會一般。而現場，更有好幾架電視攝影機，正在做「電視實況轉播」，讓全國的摩門教徒或觀眾，都能看到他們的禮拜過程。

而在這摩門教總部，有各種語言的解說員，爲來自不同

▲加州曠野，風力發電一角。

國家的遊客解說有關摩門教的相關問題。令我驚訝的是，我遇見一位女解說員，居然是從台灣來的女大學畢業生；她篤信摩門教，所以願意委身在鹽湖城教會總部當義工，爲華人的遊客擔任導遊解說的工作。

從西雅圖到黃石公園、從黃石公園到鹽湖城，或從鹽湖城到加州的優勝美地，或到亞利桑納州的大峽谷……眞的，景色千變萬化，非常奇特、壯觀，也讓人不禁慨嘆：「美國眞是個得天獨厚的國家！」她除了地廣物博之外，人民公德心的素養、政府公共建設的投資、環境保護的用心……在在使美國成爲一個——乾淨、自然、有秩序、現代化的國家。

而當我走過許多國家公園或森林時，發現免不了會有「森林大火」；有些一大片的森林，都被燒得光禿禿的，像黑炭一樣，看起來有點可怕！當無情的大火經過風勢的助長、蔓延時，人的力量極爲微小，幾乎很難立刻去撲滅它，只能任由它肆意地擴散、延燒……

不過，在焦黑的殘餘森林中，仍可看見許多小鹿、山羌、山豬……在那兒活蹦亂跳，或找尋食物；大片樹木都已經燒盡成焦土、木炭了，但，可愛的小動物們，卻還是「存活的」，牠們沒被燒死！

爲什麼？因爲小動物是聰明、敏捷的，當野火來襲時，牠們懂得「逃生保命」；**牠們都住在洞穴裡、草叢中，以大地為屋、為床，牠們的住處沒有鐵窗、沒有鐵門、沒有牢籠鎖死，所以，牠們隨時可以逃命！**

更重要的是，當野火即將吞噬牠們、災難來臨時，小動物們沒有家當、沒有金銀珠寶和鑽石，也沒有美金或新台幣，更沒有什麼歐洲共同基金……**牠們所擁有的，只是身上的一層皮——可是，「只要身上的皮尚在，牠們就可以有活命；只要有活命，就一定有明天呀！」**

眞的，「只要留得青山在，不怕沒柴燒！」小動物們雖然面臨大火的吞噬，但，牠們絕不眷戀自己家園，也不會固執地說：「這是我祖先留下來的靈地，我非死守它、與它共生死不可……」牠們先行逃命，然後在危險過後、陽光昇起時，張開眼睛、甩乾眼淚，再重新尋覓另一塊土地，再開始嶄新的一天！

反觀人類，爲了保護自己，也怕被搶、被偷，就把自己關在「層層鐵窗」的屋子

◀冬天，獨遊鹽湖城，雖有陽光，室外依然寒冷無比。

▲鹽湖城摩門教總部的教堂，週日禮拜座無虛席，盛大的詩班與管風琴，奏唱出莊嚴動人的聖樂，現場並有全國電視實況轉播。

◀車子經過亞利桑納州，到處是壯闊深底的大峽谷。

▲黃石公園內的森林大火，把大片的翠綠林木燒得精光，只剩光禿禿的樹幹。

裡；大火來了、災難來了，自己常被困在「自設的牢籠裡」，而脫不了身！有時，還會爲了搶救金銀珠寶、手飾鑽石、提款卡、存摺……來不及逃命，而身陷火窟！

所以，大火，常燒不死小動物，小火，卻常燒死人！不是嗎？

人，常擁有很多，但也怕失去更多！

因為，人常有「太多東西要帶走」，反而「困住了自己」！

其實，人在困難中，或遇災難時，總要變通地「拋棄身旁的一些東西」，讓自己變得「更輕盈地跳離險境」、或「更輕盈地奔向成功之地」！**只要捨得放下、只要一層皮尚在、只要腦袋還沒掉落、只要信心還沒盡失，就一定可以像小動物一樣，另覓草原、另闢戰場，而使自己「東山再起」啊！**

勵志小站

「啊，有一隻蟑螂！」大部份女生看到蟑螂，就會驚聲尖叫！

可是，蟑螂似乎是無所不在！儘管人們想盡辦法來消滅蟑螂，但牠們生命力旺、繁殖力強，韌性更強。科學家發現，蟑螂之所以能「橫行霸道」，是因爲牠們採取「左右開弓」——「左二右一，或左一右二」的走法，移動極爲快速，很不容易被敵人捕捉到！而且，扁扁的蟑螂，行走的穩定性極高，就像汽車的懸吊系統一樣，很適合讓「機器人」來學習，做爲「外星探險和地雷探測」之用！

哈，人人喊打的蟑螂，竟有人類學習之處！的確，能夠「左右開弓」、「左二右一、左一右二」地快速閃躲危機、不被消滅，是很不簡單的生存之道啊！

人，也是一樣，必須學會「閃躲危機」、「跳出困境」、「逃離險地」的絕技，讓自己沉潛充電、養精蓄銳，並靜待時機，再「浮出水面、重現江湖」！

所以，澳洲知名殘障人士約翰克提斯（John Coutis），從小失去了雙腿，但他勇於突破困境，終於代表澳洲參加二〇〇〇年雪梨殘障奧運；而且，板球、桌球、潛水、拖曳傘，都是他擅長的運動項目。

約翰克提斯說：「別以為自己是那最失意的人，因為，無論你的處境再怎麼糟糕，世

界上一定有人比你還悲慘！」是啊，失去了雙腿，夠悲慘了呀！不過，克提斯依然勉勵人們——「勇者無敵！Because you can!」

是的，在成功時，我們不驕傲，因為，「不要讓成功模糊我們的視野」；同時，也「不要讓失敗頓挫我們的信心」！

所以，在失業時，我們不失意；在失意時，我們不失志！

因為，有時我們雖有挫折，但「不是輸了」，只是「沒有贏」而已！

只要大喊三聲——「沒關係，我重新再來！」「我有失敗的勇氣，就一定有成功的希望！」那麼，有朝一日，我們就一定可以「浮出水面、東山再起！」

▼加州「優勝美地」的峭壁雄風。

▲鹽湖城摩門教總部外觀。

▲台地底下，還有深不見底的峽谷澗水，靜靜地潺流千萬年。

第五輯

遨遊四海、處處有驚奇！

自信，使人容光煥發，永不老邁！

布拉格之春，
有詩情畫意的心橋！

橋，它不一定是用來「開車通行」的，
橋，有時也可以是「有人無車」的藝術品！
它，成為人與人之間的「心橋」，
也成為文化藝術交流的「焦點」！
它，不必讓人「急速通行」，
反而是可以「漫步而走」！

看過電影《布拉格的春天》，感受到捷克人民在強權壓境、抵抗外侮時的恐懼、害怕、無助；雖然他們擁有中古世紀的絕美藝術文化，但卻是個飽經烽火戰亂的國家。於是，在三年多前，我選擇到東歐「捷克」走一走，去看看那聞名全世界的「布拉格之春」。

站在布拉格的山丘往下看，只見一大片高尖紅色屋頂的屋子，盤根交錯，數百座城樓、鐘塔、以及高聳教堂林立，好像童話故事中的畫面一般！而這些古色古香的屋瓦建築，充滿著濃厚的藝術氣息，曾吸引數百萬外國觀光客前來參觀，而成爲東歐極受歡迎的旅遊景點。一九九二年時，聯合國教科文組織更把布拉格市內的歷史精華區，列爲重要的「世界文化遺產」。

在這歷史精華區中，有著名的「查理士橋」，這是一三一六年到一三七八年統治羅馬帝國的皇帝「查理士四世」所興建的羅馬式大橋。

▲布拉格市內，一大片高尖紅頂的屋子，盤根交錯，有如童話故事書面，已被聯合國列為重要的「世界文化遺產」。

在橋上，有許多街頭藝術家、畫家，專心地爲遊客繪畫人像，或在橋上彈唱演奏；嚴格來說，它，已經不是車子行走的橋，而是被規劃成「行人徒步區的觀光橋」。

我走在查理士橋上，前看後看，都是人潮，都是藝術家、畫家，而且，整座橋的兩旁，共有三十尊雕像，一座座地矗立著，眞有特色！而橋下，是維塔瓦河，河中有一艘艘的遊艇，緩緩地載著遊客觀賞布拉格不同的風情！

此時，我忽然覺得——橋，它不一定是用來「開車通行」的；橋，有時也可以是「有人無車」的藝術品！它，成為人與人之間的「心橋」，也成為文化藝術交流的「焦點」！它，不必讓人「急速通行」，它，反而是可以「漫步而走」！

走過去，又走回來，看看人、看看河、看看屋瓦、看看山丘、看看歷史古蹟、也看看布拉格的春天……

有一個團員說，他在查理士橋上，來回走十多次，眞是美啊！在台北，哪一座橋，有如此多的藝術家、音樂家，或繪畫、雕刻作品，可以讓遊客駐足觀賞的？橋，總是匆匆而過，怎能讓人悠閒散步、流連忘返？

這座橋，使我想起，某一年，我應邀到天津演講。那天晚上，朋友帶我到某一大學去走走。我已忘了那大學的名字，只記得，大學裡有個湖，湖上有個橋，橋上擠滿了學生人群。朋友說，該校學生有個默契，就是走上橋的人，就必須「用英語交談」，不能講中文。也因此，這座橋，變成學生們「學習英語」的最佳場所，也常常擠滿了人群！

哇，這眞是有創意啊！橋，眞是「心連心」、「溝相通」的好地方呀！

布拉格，有舊城，也有新城。在舊城中，有狹小彎曲的「黃金巷」，是昔日藝術家或冶金專家住的地方；也有一些老舊房子，它們的門牌很特別，因爲在十八世紀之前，阿拉伯數字尚未引進東歐，所以布拉格的一些房子門牌上，就畫著一把琴、或蛇、或牛、或太陽，來做爲屋主的標誌。

而在新城，有人清閒地在人行道上，下著偌大的「西洋棋」；那些西洋棋眞是超大，每個棋子都要用力搬才行。也有街頭音樂家在路旁合奏著大提琴、小提琴、低音管……我駐足聆聽，咦？這旋律好熟悉哦——「念故鄉、念故鄉、故鄉眞可愛；天眞清、風甚涼，鄉愁陣陣來！故鄉人，今如何，常念念不忘；在他鄉，一孤客，寂寞又

◀查理士橋上的兩旁，共有三十尊雕像，提供畫家、音樂家、藝術家，在此表演，也讓遊客駐足觀賞，流連忘返。（陳婕妤／攝影）

◀查理士橋上的「玩偶藝術家」。（陳婕妤／攝影）

▼布拉格一年的遊客高達六千萬人次，真夠嚇人！

◀查理士橋的一端起點，有著歷史悠久的拱門。

▲布拉格街頭，經常可見「街頭音樂家」一起演奏，娛樂觀光客！

淒涼……」這首從小耳熟能詳的曲子，就是捷克音樂家德弗札克所寫「新世界交響曲」中的一段主旋律，好美哦！

布拉格，雖然美，有濃濃的藝術文化氣息，也以「水晶玻璃」聞名全世界，但我們一些團員的感覺是，捷克人有些冷漠、沒笑容；對咱們東方人來買水晶玻璃，總是冷冷的，沒有親切的微笑、或顧客至上的服務。

而在我們自由活動、搭觀光巴士時，旁邊有三、四個形跡怪異的當地人，他們分別從前門、後門上車，混雜在人群中，而後慢慢地縮小範圍，故意貼身靠近咱們女團員，甚至堵住女團員的去路，想伺機扒竊。當然，他們的計謀沒有得逞，只是女團員的心裡，極不舒服！

還有一次，大家走在溫泉區，看見前面遠遠的有個獨行的女遊客，突然被巷子衝出來的男子，強力搶奪肩上的皮包。只見那女子大聲呼叫，並奮力反抗；可是那高壯的男子硬是奪住皮包，甚至蠻橫地拉扯那女孩的衣服，最後揚長而去！

我們幾個人當場愣傻在那兒，我們能做什麼呢？在異地，怕被偷、被搶，都已經緊張得要命，自求多福都來不及了，不知還能幫她什麼？不久，警車來了，我們也就悻悻地走開。

布拉格，很古典、很素樸、也很藝術，但，也有許多害群之馬，讓遊客留下很不美好的印象！唉，人爲什麼一定要去做「害群之馬」呢？

‧勵志小站‧

有個故事說道——從前有個畫家，受委託要畫一幅上帝慈愛的畫像；畫家費心尋覓之後，找到一位容貌極爲端莊、和藹的男子做爲模特兒。畫作完成後，畫家倍受稱讚，而該模特兒也獲得極高的賞金。

幾年之後，這位畫家又受託，再畫一幅撒旦的畫像；於是該畫家又到處尋找面貌兇煞的人，做爲繪畫的參考。最後，畫家在一所監獄中，找到一個蓬頭垢面、滿臉兇惡、猙獰的死囚！畫家甚是歡喜，就以此死囚做爲題材，繪出一幅令人生畏的恐怖魔鬼畫像。

繪畫完成後，畫家與死囚談話，驚然發現——這死囚，就是數年前他繪上帝慈祥畫像的那名模特兒！原來，那男子在獲得高額獎金之後，天天吃喝玩樂、花天酒地，最後金錢揮霍殆盡，只好以偷搶過日，終於犯下死罪，被捕入獄！

人有時候是「上帝的慈容」，但，相由心轉，若不努力、不思正途、為非作歹，就可能變成「兇惡、猙獰的撒旦模樣」！

其實，人生的「起跑點」並不重要，重要的是，我們要「選擇哪條路」和「如何跑」？要跑得快？跑得慢？還是停滯不跑？有些人無所事事、或虛度光陰、不知長進，這不就是停在原點，停滯不前嗎？可是，人總是要盡心盡力地「跑一段上坡路」啊！總要用冒險心來「為自己打拚」啊！

報載，住在新竹縣五峰鄉的西班牙神父孫國棟，九十歲才開始學電腦，但他靠著「一指神功」，花了三年多的時間，完成了三套電腦版泰雅語「天主教主日彌撒聖經文本」！雖然現年已九十四歲的孫國棟神父，手指有些不太靈光，但他說，「聖經泰雅化」的工作，他會持續進行，絕不停歇！

真的，「用心、自信，會使人神采奕奕、容光煥發，永不老邁！」

◀「布拉格之春」抵禦外侮、反抗強權時的廣場舊址，如今已成漂亮花園。

▶這是所謂的「塗鴉藝術」，在牆上塗鴉的藝術家，亦把自己的相貌，繪在牆壁上，以資紀念。（陳婕妤／攝影）

▲布拉格市街的人行道，有人清閒地下著偌大的西洋棋。

人生「得不足喜，喪不足憂」啊！

那人妖，
比女人還要美艷！

在人生的真實夢中，
有人風光，也有人潦倒；
有人站在舞台上，大放光芒、屢獲掌聲，
有人則是沒沒無聞，始終沒人看他一眼！
就像是「人妖舞台」一樣，
有的紅得發紫、有的淡如白水！

有個朋友，是大學教授，一聽說我要去泰國玩六天，就很不以為然地說：「哎喲，泰國那種地方，你還能玩六天啊？拜託，泰國我去開會過，曼谷那個城市，你去一天就夠了！我說眞的，我在泰國待了半天，就待不下去了！」

不過，我還是參加旅行團到泰國，也前往旅遊最熱門的「芭達雅」等地玩。

「芭達雅」是泰國有計畫開發的旅遊觀光區，第一天，剛到達，全團團員就全躺在大通鋪上，被一大群女子「集體按摩」！男男女女、老老少少，都一起躺著，任憑按摩女郎在你身上按、捏、搥、壓……全身放鬆，眞的很舒服，也不會有「指壓、油壓」的色情按摩聯想！而且，按著、按著，我疲憊的身子，竟然在不知不覺中睡著了，兩個小時也就一晃而過！

當然，芭達雅不是很高級的渡假勝地，但，它是個極有特色的地方；旅客除了可以在海邊、沙灘上嬉戲之外，「人妖秀」大概是旅客不能錯過、極負盛名的節目。站在霓彩燈光的舞台上，那些身材妖嬌、婀娜多姿、美艷動人、雙峰誘人的「小姐」，都是由男生變性而成的「假女生」！

天哪，眞是不可思議呀！那麼美艷的女生，卻都是所謂的「人妖」，都是男生變

▶「人妖秀」的女主角，外貌、姿色、身材，都是一級棒。

▲炫麗舞台，正上演著令人驚艷的「人妖秀」。

性、施打荷爾蒙、或隆乳而成；她們眞的比女生還更漂亮！

導遊說，泰國人妖很多，他們有些是自己不想當男生、想變性；但也有些是家境不好，找不到更好的工作，只好當人妖來賺錢！然而，不是一當人妖，就可以在「人妖界」裡大紅大紫、賺大錢啊！而且，男人變成的人妖，光是隆乳有什麼用？腰圍也要纖瘦、皮膚也要白嫩、小腿也必須細緻、歌藝舞姿也要出眾才行啊！

我坐在座位上，看著舞台上形形色色的人妖，有些是大卡司、大主角，不論外貌、姿色、身材都是一級棒，簡直是「比女人還要美艷」，甚至可以說是「美若天仙」；而且，她們的歌聲、表情、舞藝……更是超人一等，才能脫穎而出，成爲美艷的「超級巨星」，站在舞台上閃閃發光、艷驚四座！相反地，也有些小卡司、沒有姿色、毫不起眼的「小人妖」，也沒啥才藝，站在台上，永遠只能當個陪襯、伴舞的小角色，看得令人心酸！

曾有一高職校長剴切地勉勵學生：「大家要有骨氣，縱使有一天淪落到擺地攤的地步，也要成爲全永和市最有名的地攤！要做，就要做最好的！」

是的，即使「生平無大志，只願當人妖」，也要當一個「最有名、最頂尖、最有特色」的人妖，以自己最好的才藝，最棒的歌喉、舞技，來贏得滿堂的喝采！

・勵志小站・

古時候，呂洞賓在成為傳說中「救人危厄的神仙」前，曾追隨雲房道人。有一次，他們一起投宿外地，為了塡飽肚子，雲房就升火來煮黃梁飯，呂洞賓則疲倦地累倒了，昏然入睡。

在夢中，呂洞賓夢見他入京趕考、狀元及第，最後一路升官、發財，官運亨通，十分得意！而且，他前後取了兩名富家女子為妻，更做上宰相、獨攬政權十年。可是，正當他官途極順之時，遭人陷害、忽然獲罪，慘遭「抄家沒產、流放邊疆」，搞得他身心俱疲、憔悴無力……這時，呂洞賓忽然從夢中恍然醒來！啊，原來是一場夢！

這，就是「黃梁夢醒」的成語故事由來；而雲房道人點悟呂洞賓說——「人生得不足喜，喪不足憂啊！」

人生有許多夢，有些是「虛假夢」、有些則是「眞實夢」！

在人生的眞實夢中，有人風光，也有人潦倒；有人站在舞台上，大放光芒，屢獲狂叫掌聲，有人則是沒沒無聞，始終沒人看他一眼！就像「人妖舞台」一樣，有的紅得發紫、有的淡如白水！

當然，人生並不一定都能拿到「A」，更不太可能一直是「A^+」；不過，人總是要盡可能地做到「B」，然後再往更高的「A」邁進！在美國唸書時，我看到我的老中同學，其中一科竟拿到「F」，那……那眞的很不妙，最後只好轉學！

其實，一個人要站上舞台享受掌聲，實在很不容易；但是，要一直站在舞台上，則更是困難！因爲，人生後浪推前浪，舞台上，永遠有主角，但主角總是不斷「有新面孔出現」，來擔綱演出！

眞的，要想一直「站在舞台上當主角」，成功的難度非常高，但，並非不可能；只要這主角能不停地突破演技、創新歌藝、顛覆舞步、獨樹一格……

■即使「生平無大志，只願當人妖」，也必須以最好的才藝，最棒的歌喉、舞技，來贏得滿堂的喝采。

▼遊客可進入建築風味獨特的皇宮，覽看景色。

◀泰國金碧輝煌的廟宇。

▲傳統的「騎大象打仗」表演，色彩鮮艷、動作逼真，常吸引遊客目光。

「記得，千萬別強出頭哦！」

海底問題多，平安回家最好！

我是出來旅行、快樂遊玩的，
我不要逞強做英雄，
只要做個平安回家的小狗熊就好了！
縱然有人笑我「膽小鬼」，也沒關係！
因為，人活著，
不在比「氣盛」，而是比「氣長」呀！

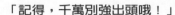

外電報導，二十八歲的法國籍女海洋生物學家奧黛莉．梅斯特雷，最近在多明尼加一處海岸，挑戰世界自由潛水的最深紀錄時，不幸殞命！

自由潛水（free diving），是在不使用呼吸器材的情況下，傾全力、一口氣躍入水中，看誰能潛入水中最深處？這，真是一種非常危險的娛樂活動。

原本，奧黛莉想打破她丈夫費雷拉斯的世界紀錄，一口氣潛入海底一百七十一公尺處，而且預計不到四分鐘結束；然而，當奧黛莉被人從水中拖上岸時，已是九分鐘之後，當時她毫無意識，經過急救，宣告不治死亡。

潛水專家說，在海底深處，不藉呼吸器潛水，是人類體能極限的挑戰，潛水者的心跳，可能減爲「每分鐘二十下」，肺臟則縮爲「一個柳橙大小」！雖然奧黛莉潛水當天，有十三名安全潛水人員在水中監測，卻仍發生不幸，實在十分遺憾！

在泰國旅行時，曾有海底潛水的活動。我們一行人，坐在船上，被載到一處據說海底非常漂亮的海域；泰國人說，這海底有許多彩色魚、珊瑚、貝殼……不沉下水底去看很可惜！於是，大夥兒都戴著很重的偌大鋼罩，沉入海底！

可是，當我戴著大頭鋼罩，試著全身沉入海底時，心臟極不舒服，感覺是幾乎喘不過氣來，而且天昏地暗，看不見其他人在哪？我……我不行，我不要看什麼漂亮的海底景觀了，我的呼吸、我的命要緊！算了，「不看不會死，看了可能會死！」那瞬間，我決定——我不要過度勉強自己、也不要太逞強，「海底問題多，平安回家最好！」

於是，我勇敢地冒出水面，先大口大口地自由呼吸一下；哇，能呼吸真好！

我知道，我膽子不大，也不是擅於游泳或潛水的人，我何必強迫自己吃苦頭呢！每個人的體能不一樣，即使海底中有美景、有黃金、有寶藏，但若沒稍加練習，就勉強自己貿然潛入而發生意外，又有何用？生命沒了，一切都沒了呀！

就如同女生物學家奧黛莉，即使她創造了自由潛水的世界紀錄，卻失去了自己的性命，又有何意義？

後來，同伴一個個上岸了，有人說，耳朵好痛，感覺耳膜差點破掉；也有人的鼻血流個不停，身體極不舒服，而且還說，海底景色也不怎麼樣嘛！只有我，輕鬆地坐在船上看著別人流鼻血！

在泰國，我們也曾坐電梯到摩天大樓外，身體綁住，雙手抓著拉桿，從五、六十層高樓上，獨自順著鋼索，向地面快速滑溜而下！我，站在五、六十層大樓的露台

▲海岸邊，大夥兒依序穿綁著「拖曳傘」，隨著快艇的飛馳，即輕鬆騰空而上，頗為逍遙愜意。

上，探頭往下看，天啦，我的心臟都快跳出來了！我……我謝了！我幹嘛凌虐自己？何必讓自己膽顫心驚、嚇得自己雙手發軟？你們玩沒關係，我不玩了！

我是出來旅行、快樂遊玩、享受風光的，我不要逞強做英雄，只要做個平安回家的小狗熊就好了！在海邊，搭個大家輕鬆騰空而上、沒有危險性的「拖曳傘」也很好呀，何必玩那些太過冒險、太讓自己心臟負荷不了的活動？縱使有人笑我「膽小鬼」，也沒關係！因為，人活著，不在比「氣盛」，而是比「氣長」呀！

就像在美國唸書時，我的哲學是——「絕不熬夜，成績不錯、可以過就好了，身體健康、快樂生活最重要！」

我認識一好勝心很強的女孩，在美國紐約唸知名大學博士班。在那兒，教授嚴格，同儕競爭多，課業壓力又大，書唸得痛苦不堪，最後精神狀況出了問題，病情發作時，甚至整個人倒躺在圖書館，口吐白沫，嚇壞了現場所有老外；而且，唸了十年，仍然沒有畢業！

國外旅遊、留學，眞是問題多，但，一切都不重要，只有健康、平安回家最好！

‧勵志小站‧

《史記》中，記載一位名醫扁鵲「慧眼識病、三勸齊桓侯」的故事——

醫生扁鵲面見齊桓侯時說道：「我看你的臉色，你有病潛伏在皮膚表面，不將它治好，就會深入體內！」可是桓侯說：「我沒有病啊！」過了五天，扁鵲又對桓侯說：「眞的，你的病已經擴及血脈了，再不趕快治好，會越來越嚴重！」可是，桓侯仍說：「我才沒有病呢！」

又過了五天，扁鵲仍對桓侯說：「你的病已經進入了腸胃，再不治，必再深入！」此時，桓侯仍不理他。又過五天，扁鵲見到桓侯，一語不發、掉頭就走了！桓侯派人追問他爲什麼？扁鵲說：「桓侯病已經進入骨髓，我已無能爲力！」

後來，桓侯眞的病倒了，立刻派人去召扁鵲過來，但扁鵲已逃離齊國，而桓侯，也終於病死了！

有時，人很「鐵齒」，不聽善言、不聽規勸，只憑自己頑固的意念，一意孤行，甚

至，總是高傲地「逞強」，最後搞得頭破血流！所以，長輩常常規勸我們——「千萬別強出頭哦！」這句善意的話，關鍵的重點字，在於一個「強」字！人，若常魯莽、好逞強、愛鐵齒、或不知節制地放縱自己、或不考慮自身安危地冒險行事，則都可能使自己陷入危險之境啊！

「逞強」的結果，或許博得了「一時虛榮的掌聲」，但，有時卻也可能釀成悲劇！所以，「萬全無悔」，人總是要小心謹慎，要爲自己「好好的活著」呀！

事實上，「小心謹慎」，並不表示「懦弱、畏縮」，而是在一個未知、未熟悉的情境下，必須保持清明之心，絕不魯莽、不衝動，也不貿然行事，而是要「長期觀察、不斷模擬、勤加練習之後，再出手」，才能百發百中呀！

▲「猴子學校」裡的猴子，正在為遊客表演。

▲天哪，他的頭，快被鱷魚咬到了啦！

▲兩隻大象，正在比賽，看誰先跨過一組組躺在地上的人。

媽呀，這鬼屋真的好可怕！

當然，在黑暗中，
人是軟弱、是恐懼的！
但，只要鎮定自己、站穩腳步，
人就可以迎接挑戰！
因為——
「人只要沉穩，就會平穩」呀！

到新加坡，第一次印象，是樟宜機場，既開闊、明亮、又寬敞，十分現代感。新加坡沒颱風、也沒地震，得天獨厚；可是，她整年都是夏天，十分炎熱。在新加坡，不能吃口香糖，違者罰款一千元新加坡幣，約台幣二萬元；而且，新加坡有駭人聽聞的「鞭刑」，例如，男對女「非禮」或「強姦」，一律「鞭刑」伺候！不過，若是女對男非禮，則無所謂，女生不會被「鞭刑」。

也因實施嚴刑峻罰，所以小小的新加坡，真是令人訝異，道路乾淨、整潔，花草漂亮、四通八達，而且高樓林立；雖然只有「彈丸之地」，卻也規劃出「聖陶沙」的美麗南洋海島風情和樂園。當我站在聖陶沙附近的一處大型演講廳，面對上千名熱情的聽眾時，我的心，不是緊張、害怕，而是十分感動！看到那麼多年輕男女，一起擠坐在台下，而我，何德何能，能被邀請站在台上演講？我，只是個寫書人，比較幸運而已呀！

其實，新加坡的優點太多了，有特色的景點，也太多了，真是寫都寫不完。可是，令人印象最深刻的是「唐城」。

在唐城裡，遊客可以吃著中國風味餐，也看著中國技藝表演，有旋轉盤子、翻跟

◀新加坡機場旁，一輛輛等待載客的「賓士計程車」。

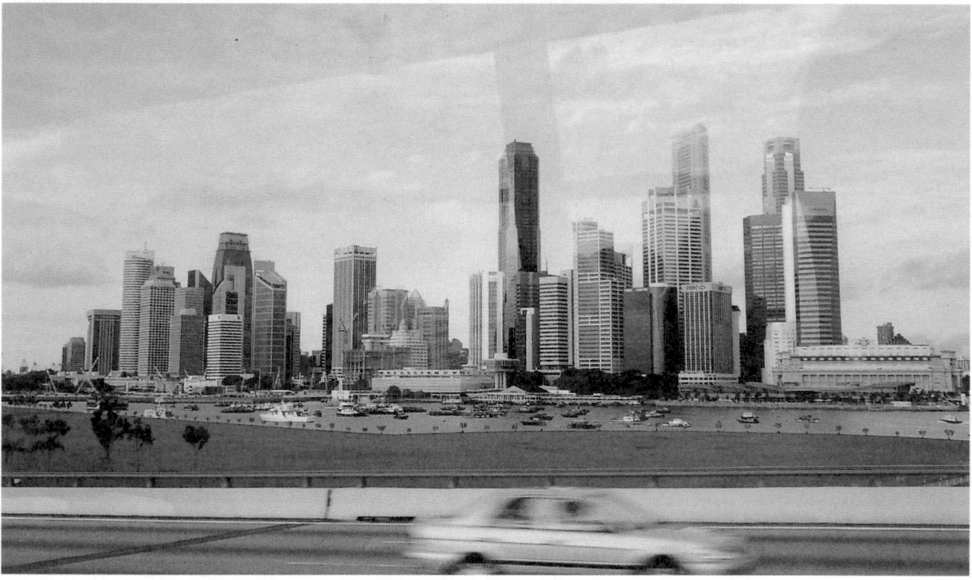

▲新加坡市區是金融中心，高樓林立，十足的現代化建築。

斗、民俗特技、雜耍……等等；其中，最有名的是「鬼屋」。聽說，這個鬼屋太可怕了，曾有旅客進去，被嚇得心臟病發而出來！

到底是什麼「鬼」這麼可怕？很多人都不信邪，想進去挑戰。事實上，一進去，就和其他的鬼屋沒有兩樣，有吊死人、有厲鬼、也有吐著長長舌頭的死人、棺材……這些陰間的古怪僵屍、恐怖的佈景和氣氛，其實都是差不多的，都是假的、造出來的，即使快摸到你了，也不太可怕！

然而，進到了最裡面，有一個小房間，解說員要大家找座位坐下，並戴上耳機，用心感受、聆聽其中的聲音……解說員話一說完，人就走了出去，門也自動關了起來！在那暗暗的屋內，只剩下天花板上的一盞小燭燈，微微地晃來晃去！

此時，耳機裡傳來「嘎——吱——」的開門聲，猛一轉頭，黑黑暗暗的，什麼都沒看到……接著，又有「咚、咚……」的腳步聲由遠而近；又有人拉著椅子，坐在我的旁邊，我猛力回頭，又是一片漆黑，什麼也沒有！可是，我明明聽到有人坐在我後方，拿起杯子，一邊喝水、噓水、舒了一口氣，又把杯子放下……眞的，他就在我後方呀！那人，男生，又突然在我右耳朵旁，輕輕的說了一句「Good morning」，媽呀，好可怕喲，我全身都發麻了、脖子也都涼了！

過了一會兒，那男人又突然換到我的左後耳，陰涼、低沉地說「Good morning! How—are—you?」我的媽呀，怎麼這麼可怕！「啊——」有女生開始尖叫、受不了了、摔耳機了！

可是，你不能走出這黑暗的屋子呀！門鎖著，只有一盞搖曳的小燭光，依然搖來晃去……這時，耳機裡還是聽到那不知道是誰的男人，或在走動、或依附在我的左、右耳說話！說來也是奇怪，那人沒說：「你給我納命來！」「我砍死你！」「我掐死你！」……他只是在你耳邊說一些「早安、您好嗎？……」之類的話，可是，現場的遊客，早就被嚇得毛骨悚然，尖聲大叫，趕緊拿掉耳機，不聽了！

這……真是太恐怖了！如果，大家一起看到鬼，是不會感到可怕的；可是，這鬼屋，什麼都沒看到，一片漆黑，但，設計者卻利用「情境效果」——靜悄悄、微弱燈光、看不見，讓你感覺「被孤立、被隔絕」；再加上走路聲、耳邊說話聲，操弄著聽者的恐懼心理。真的，那耳邊的聲音，恐怖得讓你全身發麻！可是，當你拿掉耳機，什麼都沒有了，恐懼感也消失了！

走出鬼屋，我感受到——**怕人的事情，並不是真的看到什麼「可怕的東西」，而只是一種「心理的感覺」，只要「自己先怕，就真的很可怕！」**

所以，最高段的恐怖電影，並不是讓你看到什麼害怕的事物，而是一直挑起你心中恐懼的感覺，因爲——**「那些看不見的、最搞不清楚的，才是最可怕的！」**

‧勵志小站‧

有個賣雞蛋的小販，爲了吸引顧客前來買蛋，就在小攤上放了一長條硬紙板，上面寫著：「新鮮雞蛋在此發售」。有一老媽媽看到這紙板的字，就對小販說：「這句話有點囉嗦，你賣的雞蛋當然新鮮，所以只要寫『雞蛋在此發售』就可以了！」

小販一聽，好像有點道理，就把「新鮮」兩字塗掉。

沒多久，有個老阿公走過，就對小販說：「雞蛋放在這裡，當然是要賣的，難道會是免費贈送嗎？所以『在此發售』這幾個字太畫蛇添足了。」小販想想，似有道

◀新加坡著名的「魚尾獅」，是旅客不能錯過的景點。

▶新加坡市區大型公共造景設計。

▲新加坡樟宜機場寬敞、明亮的設計。

▲「榴槤造型」的建築物，是新加坡最新落成的歌劇院。

▲新加坡雖然只是個彈丸之地，卻將「傳統」保留得很好，並與「現代」加以結合。
看，這幅「傳統與現代」圖，真美呀！

理，就把「在此發售」四個字塗黑。

後來，又有一小孩路過小攤，看見只寫「雞蛋」兩字的紙板，就說：「嘻，真好笑，白白的雞蛋放在這裡，就已經很清楚了，幹嘛還要寫『雞蛋』兩字？好笨哦！」

小販被孩子一嘲笑，又趕快把「雞蛋」兩字塗掉，他心想：「紙板上的字全都塗黑了，我終於可以專心賣蛋了吧！」

不久，一客人前來買蛋，看到旁邊那張「被塗黑的紙板」，好奇地問那是什麼？小販不好意思地據實以告；那客人笑笑地說：「『新鮮雞蛋在此發售』這句子蠻好的嘛，很清楚、明瞭，你還是再把它寫上去吧！」

人常常沒自信，怕被別人指指點點、任意批評！

人常常害怕，害怕別人的舌頭、害怕別人眼光！

人，更常心生懼怕，懼怕前面一片黑暗，看不清楚、沒有亮光！

可是，人的「心理素質」，常決定一個人的「成與敗」——我要放棄、還是要堅持走下去？我要悲觀、還是樂觀？我要愁眉苦臉、還是面帶笑容？我要消極忍受、還是積極改變？我要人云亦云、還是自信不從眾？黑暗中，我要哭泣驚嚇、還是勇敢接受挑戰？……真的，「人的心理素質和抉擇」，往往影響人的一生。

當然，在黑暗中，人是軟弱、恐懼的！但，有人卻勇敢地說：「I have nothing to lose!」是的，沒有什麼好可怕的、也沒有什麼好輸的，只要鎮定自己、站穩腳步，人就可以迎接挑戰！因為——「人只要沉穩，就會平穩」呀！

腳踏實地、步步為營，才能平步青雲！

不貪、不盲、不雜，就會「明靜見湖心」！

人要專心、專注，別「吃碗內、看碗外」，
一直想擴展事業版圖、
一直想併吞別人、壯大自己！
殊不知，「貪念」就是衰敗的開始，
它，大大增加了冒險的機率，
也埋下了失敗的種子！

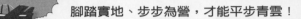

到馬來西亞五、六次，都不是純粹去玩，而是應邀去演講，或參加書展。印象很深刻的是六年前吧，在吉隆坡的書展，它並不像台北的國際書展規模那麼大，可是，當接待人員帶我到書展區時，就聽到有人喊著：「趕快把書收起來、趕快收起來，人家作者都來了，你們還在賣盜版書？」

哈，眞是有意思，在書展中，有正版書和盜版書，就擺在書攤裡一起賣！我想，盜版書比較便宜，銷售的情況，一定比正版書來得好，難怪我在馬來西亞，總是拿不到多少版稅，哈！

在馬來西亞的演講，有的是在大飯店裡，人數多達上千人；有的是在報社演講廳裡，人數也是擠了六、七百人；而有的則是安排在學校裡，例如新山的「寬柔中學」。啊，眞是好柔美的學校呀！一個學校，竟然以「寬柔」——待人寬厚、溫柔，來做爲校名，這對學生一定有潛移默化的效果！

而在檳城，也是在一所華文學校裡演講，或許「接洽得不太好」，或說「宣傳得太好」，來聽

▲在吉隆坡市區一角留影。

講的聽眾，竟超出教室容納量的一倍以上。當天，學校只開放一間大教室，而兩、三百名聽眾，被迫擠在教室外，或站在門口、窗外聽講！

而我呢，我也被迫站在一把長、寬各約三十公分的椅子上，而四周擠滿著席地而坐的聽眾。我一直站、一直站，講了兩個小時。天啦，這眞是我從未有過的經驗！雖然我站得很辛苦、很累，但從大家歡喜的眼神、專注的眼光，或勤寫筆記的神情，「動彈不得」的我卻覺得——一切都是値得！

其實，這不也是考驗我自己的演講功力嗎？沒有講桌、不能看稿、沒有走動空間，只靠手勢、表情與聲音，來與大家結緣、來散佈喜怒哀樂的訊息；而在那檳城華文學校的教室空氣中，有歡笑、有感動、有學習、有成長……眞的，我好懷念那場令我「無法動彈」的演講呀！

在首都吉隆坡，有世界超高的「雙子星摩天大樓」，也有「雲頂」的超級賭場，更有外型十分壯闊的購物中心、或是圓頂莊嚴的回教清眞寺，更有美麗漂亮的島嶼、海灘……。可是，每次到了馬來西亞，我都是行程匆忙，也無心從容地遊覽、觀賞！

只是幾年沒見了，看到新機場落成了，比咱們中正機場更豪華、更漂亮；接著，看見四處又蓋起了外型很有風格、有創意的高聳大樓！一切，似乎都在進步中，只是，「盜版書」的現象，依然存在，還沒改善。

是三年前吧，在吉隆坡演講完畢，大夥兒在餐廳裡吃飯，忽然有一年輕華人很高興地走過來跟我寒暄、談話；**而我，永遠忘不了他說的一句話——「戴老師啊，成功很不容易，可是，要守住成功更難哦！」**

每一次想到馬來西亞，我就會想起這年輕人提醒我的這句話！

最近看到報章刊載，東帝士集團出問題了，老闆負債數十億元，人轉赴大陸發展了！**老闆陳由豪先生感慨地說：「我最大的錯誤，就是我做得太雜了！」**

而以前自創「肯尼士」網球拍品牌、暢銷全世界的光男企業董事長羅光男，在極盡風光時，身價上百億；全球銷售四支網球拍中，就有一支是台灣製的「肯尼士」產品。可是隨著股市重挫，和他盲目地追逐金錢遊戲，公司倒了，羅光男董事長不但財富歸零，破產時，還負債六十億元。

◀吉隆坡大型購物中心旁，有一家「人工海灘」開幕了！

◀馬來西亞沙巴島的海灘，清澈見底，成群的魚兒，在淺灘腳邊悠游。

▼「水上人家」──貧窮的人們無力購屋，只好在河邊上搭蓋簡陋房屋居住。

▲在檳城一華文學校內演講，觀眾太多，教室裡容納不下，而我，亦被迫站上椅子，「動彈不得」地和大家一起分享；但，一切都是喜悅、值得的！

多年來，遁入台中深山寺廟裡修行、大徹大悟的羅光男說，他會栽跟斗，追根究底，就是「貪念太重」——「我太貪心、擴充太快，是一大錯誤！」

的確，「事情做得太雜」、「盲目追逐金錢」、「貪念太重」，都會使人無法「守住成功」！只有腳踏實地、步步為營、勿好高騖遠、勿貪得無厭，才能使自己穩健地「平步青雲」！

勵志小站

義大利著名詩人但丁，在參加一次教堂彌撒時，陷入了心靈的沉思，以致於在神父舉起聖杯時，沒有按照儀式跪下！後來，就有人到主教那裡告狀，說他很高傲、有意褻瀆天主。但丁被冠上此罪狀，在中世紀時，是一件非同小可的大事，所以，他被帶到主教處候審。

在被審問時，但丁從容地說道：「那些指控我的人，如果能像我一樣，也把眼睛和心靈都放在天主身上的話，就不會心不在焉地東張西望了！」

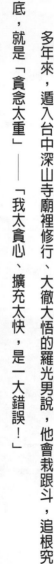

人就是「自己不專心」，才會東張西望，才會指控「別人不專心」！

真的，人要專心、專注，別「吃碗內、看碗外」，一直想擴展事業版圖，一直想併吞別人、壯大自己！殊不知，「貪念」就是衰敗的開始，也埋下了失敗的種子！

相同地，我們很習慣在每天的行事曆中，安排了一個又一個的會議、飯局、拜訪、應酬、續攤……可是，仔細想一想，是不是每件事情都那麼重要？有些是不是又在消耗自己生命的能量？「趕、趕、趕」，「忙、忙、忙」，總是讓自己忙得焦頭爛額，而靜不下來專心思考「前面的方向」！

俗話說：「雨打水面看不清，雨過天青見湖心。」

在風雨吹襲時，我們是看不清湖面的！在忙碌趕場、拓展版圖之時，也大大增加了冒險的機率，甚至也可能賠上自己的健康和生命，我們豈能輕忽？

學習「暫時孤獨」吧！學習讓湖面「平靜清澈」吧！

如果我們能「享受孤獨」，也每天專注地向自我內心觀看十分鐘——「不貪、不盲、不雜」——就會「明靜見湖心」呀！

高手作家戴晨志

讓你天天開心，洋溢喜樂的香水！

戴晨志作品9　◎定價230元

激勵高手
—戰勝挫折，讓夢想永不停航！

31篇生動的真情故事，有殘障青年奮發向上的經歷，也有靈活幽默的生活點滴，既洋溢勵志精神，又不失輕鬆風趣，激勵我們學習人生智慧、勇敢向命運挑戰，直到勝利成功！

戴晨志作品10　◎定價230元

人際溝通高手
—別忘天天累積「人緣基金」哦！

溝通是一種技巧、一門藝術，更需要真誠的心靈和樂觀的自信。高手作家戴晨志博士以幽默溫馨的口吻、有趣雋永的故事，與你分享人際相處的觀念和感受，教你成為溝通高手。

戴晨志作品11　◎定價230元

激勵高手2
—挑戰自我，邁向巔峰！

人不要怕窮，要窮中立志，人不要怕苦，要苦中進取！因為，痛苦，是最好的成長；磨難，是上天的鍛鍊！只要像小鳥「奮力衝破蛋殼」，就能「冒出頭、迎向新生」啊！

戴晨志作品12　◎定價230元

成功高手座右銘
—改變你一生的智慧語錄

人，是為勝利而生的，只要有鬥志，不怕沒戰場；只要有勇氣，就會有榮耀！所以，「別小看自己，因每個人都有無限可能！」而且，成功這件事，我──就是老闆！

戴晨志快樂小集①

我心環遊世界——用心賣力工作，痛快暢遊世界！

作者—戴晨志
主編—心岱
編輯—郭玢玢
董事長
發行人—孫思照
總經理—莫昭平
總編輯—林馨琴
出版者—時報文化出版企業股份有限公司
台北市108和平西路三段二四○號四樓
發行專線—（○二）二三○六—六八四二
讀者服務專線—○八○○—二三一—七○五·（○二）二三○四—七一○三
郵撥—○一○三八五四—○時報出版公司
信箱—台北郵政七九～九九信箱
時報悅讀網—http://www.readingtimes.com.tw
電子郵件信箱—ctliving@readingtimes.com.tw
美術編輯—高鶴倫、周家瑤
校對—戴晨志、郭玢玢
印刷—詠豐彩色印刷股份有限公司
初版一刷—二○○三年一月二十五日
定價—二五○元
⊙行政院新聞局版北市業字第八○號

國家圖書館出版品預行編目資料

我心環遊世界 / 戴晨志著. -- 初版.
-- 臺北市：時報文化, 2003[民 92]
面；　公分. --（戴晨志快樂小集；1）
ISBN 957-13-3837-0（平裝）

855　　　　92000381

ISBN 957-13-3837-0
Printed in Taiwan

您一生的忠實旅伴
時報旅遊
時報旅遊
用創意帶您玩遍全球
精選中國
純淨紐澳
個人旅遊
悠閒亞洲
台灣旅遊
經典歐美
CTS 中國時報旅行社
China Times Travel Service
www.cts-travel.com.tw
國外旅遊02-6608-7222
台灣旅遊02-6608-7555
個人旅遊02-6608-5333
遊學中心02-6608-6999
獎勵旅遊02-6608-5222
外賓來台02-6608-3138

使·用·說·明

1. 本券限購買時報出版之讀友使用，並僅適用於券面註明之「中國時報旅行社」團體旅遊行程，惟不得與其他優惠辦法合併使用。
2. 本券視同現金，惟不得以現金贖回或找零，塗改者無效，遺失時恕不另行補發，偽造者將依法究辦。
3. 本公司有權保留變更本券各相關使用規定。
4. 本券有效使用期限至92/12/31止，逾期無效。

CTS 中國時報旅行社 China Times Travel Service

台北市松江路125號5樓 TEL:(02)6608-7222

http://www.cts-travel.com.tw 交觀綜2090

時報旅遊

1000

使用期限：92/12/31止

北京.上海 東方頂級列車

旅遊折價券

1000 1000

CTS 中國時報旅行社 China Times Travel Service

中國時報旅行社股份有限公司 China Times Travel Service

使·用·說·明

1. 本券限購買時報出版之讀友使用，並僅適用於券面註明之「中國時報旅行社」團體旅遊行程，惟不得與其他優惠辦法合併使用。
2. 本券視同現金，惟不得以現金贖回或找零，塗改者無效，遺失時恕不另行補發，偽造者將依法究辦。
3. 本公司有權保留變更本券各相關使用規定。
4. 本券有效使用期限至92/04/30止，逾期無效。

CTS 中國時報旅行社 China Times Travel Service

台北市松江路125號5樓 TEL:(02)6608-7222

http://www.cts-travel.com.tw 交觀綜2090

時報旅遊

1000

使用期限：92/04/30止

塞外風情 內蒙古巡禮

旅遊折價券

1000 1000

CTS 中國時報旅行社 China Times Travel Service

中國時報旅行社股份有限公司 China Times Travel Service

使·用·說·明

1. 本券限購買時報出版之讀友使用，並僅適用於券面註明之「中國時報旅行社」團體旅遊行程，惟不得與其他優惠辦法合併使用。
2. 本券視同現金，惟不得以現金贖回或找零，塗改者無效，遺失時恕不另行補發，偽造者將依法究辦。
3. 本公司有權保留變更本券各相關使用規定。
4. 本券有效使用期限至92/12/31止，逾期無效。

CTS 中國時報旅行社 China Times Travel Service

台北市松江路125號5樓 TEL:(02)6608-7222

http://www.cts-travel.com.tw 交觀綜2090

時報旅遊

1000

使用期限：92/12/31止

潛進馬那多

旅遊折價券

1000 1000

CTS 中國時報旅行社 China Times Travel Service

中國時報旅行社股份有限公司 China Times Travel Service

使·用·說·明

1. 本券限購買時報出版之讀友使用，並僅適用於券面註明之「中國時報旅行社」團體旅遊行程，惟不得與其他優惠辦法合併使用。
2. 本券視同現金，惟不得以現金贖回或找零，塗改者無效，遺失時恕不另行補發，偽造者將依法究辦。
3. 本公司有權保留變更本券各相關使用規定。
4. 本券有效使用期限至92/12/31止，逾期無效。

CTS 中國時報旅行社 China Times Travel Service

台北市松江路125號5樓 TEL:(02)6608-7222

http://www.cts-travel.com.tw 交觀綜2090

時報旅遊

1000

使用期限：92/12/31止

義大利美食藝術饗宴

旅遊折價券

1000 1000

CTS 中國時報旅行社 China Times Travel Service

中國時報旅行社股份有限公司 China Times Travel Service

使·用·說·明

1. 本券限購買時報出版之讀友使用，並僅適用於券面註明之「中國時報旅行社」團體旅遊行程，惟不得與其他優惠辦法合併使用。
2. 本券視同現金，惟不得以現金贖回或找零，塗改者無效，遺失時恕不另行補發，偽造者將依法究辦。
3. 本公司有權保留變更本券各相關使用規定。
4. 本券有效使用期限至92/12/31止，逾期無效。

CTS 中國時報旅行社 China Times Travel Service

台北市松江路125號5樓 TEL:(02)6608-7222

http://www.cts-travel.com.tw 交觀綜2090

時報旅遊

1000

使用期限：92/12/31止

魔戒紐西蘭 南島走透透

旅遊折價券

1000 1000

CTS 中國時報旅行社 China Times Travel Service

中國時報旅行社股份有限公司 China Times Travel Service